게임 씹어먹는 엑스트라 5

월문선 퓨전 판타지 소설

초판 1쇄 찍은 날 § 2020년 10월 8일
초판 1쇄 펴낸 날 § 2020년 10월 15일

지은이 § 월문선
펴낸이 § 서경석

총괄팀장 § 노종아
편집책임 § 신나라
디자인 § 공간42

펴낸곳 § 도서출판 청어람
등록번호 § 제387-1999-000006호
등록일자 § 1999. 5. 31
어람번호 § 제1-3089호

주소 § 경기도 부천시 부일로 483번길 40 서경B/D 3F (우) 14640
전화 § 032-656-4452 팩스 § 032-656-4453
http://www.chungeoram.com
E—mail § chungeorambook@daum.net

ⓒ 월문선, 2020

ISBN 979-11-04-92265-7 04810
ISBN 979-11-04-92218-3 (세트)

게임 씹어 먹는 엑스트라

월문선 퓨전 판타지 소설

FUSION FANTASTIC STORY

5

목차

Chapter

1

카오스 그런트 선발대를 괴멸시키고 약 사흘이 지났다.

그동안 나이젤은 무상심법과 무상검법 위주로 수련을 했다.

숙련도를 올리기 위해서였다.

하지만 수행 시간이 짧았기에 고작 2%~3% 정도밖에 오르지 않았다.

그리고 지난 3일간 꾸준히 노팅힐 영지 쪽으로 난민들이 밀려들어 왔다. 제국 동부 지역의 변경 영지들이 카오스 몬스터들에게 무너지고 있다는 방증이었다.

'좋지 않아.'

나이젤은 자신의 집무실에서 책상을 손가락으로 톡톡 치며 생각에 잠겼다.

난민들의 이야기들을 종합해 본 결과 동부 지역의 영지들은 카오스 몬스터들의 맹공에 그저 농성을 하며 버티고 있는 모양.

그나마 노팅힐 영지는 카오스 몬스터들을 두 번 괴멸시킨 덕분인지 더 이상 공격해 오지 않았다.

'하지만 그것도 시간문제지.'

카오스 몬스터들의 맹공 앞에 변경 영지가 무너지는 건 멀지 않은 미래의 이야기였다.

그리고 머지않아 노팅힐 영지도 다시 공격받기 시작할 터.

나이젤은 시스템 미션창을 눈앞에 떠웠다.

[첫 번째 에피소드 미션: 혼돈의 마족들로부터 노팅힐 영지를 지켜라!]

당신은 무려 두 번이나 노팅힐 영지를 지켜냈습니다.

그로 인해 혼돈의 마족들이 당신을 주시하기 시작했습니다.

현재 그들은 당신이 있는 영지를 쓸어버릴 계획을 세우고 있습니다.

앞으로 두 달 뒤 그들의 공격이 시작될 것입니다.

혼돈의 군세로부터 노팅힐 영지를 지켜내십시오.

난이도: A

보상: 12,000전공 포인트.

'흠.'

역시 계속되는 공격을 막아내자 카오스 몬스터들을 뒤에서 조종하는 마족 놈들이 슬슬 움직이기 시작한 모양이었다.

'그때 그놈을 잡았어야 했는데.'

나이젤은 아쉬운 표정을 지었다.

설마 노팅힐 영지가 노려질 줄이야.

혼돈의 마족들이 자신을 주시하기 시작한 가장 큰 이유는 역시 중급 마족 파이런 때문일 것이다.

분명 그놈이 자신에 대한 정보를 마족들에게 넘겼을 터.

그때 그놈을 붙잡았다면 카오스 차원에 대한 정보를 캐낼 수 있었을 테고, 자신에 대한 정보가 마족들에게 알려지지도 않았을 텐데 여러모로 아쉬웠다.

'앞으로 두 달 뒤란 말이지?'

한동안 갱신 중이라고 떠 있던 시스템 미션창.

약 하루가 지난 뒤 갱신 완료가 된 미션창에는 두 달 뒤에 혼돈의 마족들이 공격을 해온다고 떠올라 있었다.

아마 그때 공격해 오는 군세 중에 파이런이 있을 터.

'아마 총공세를 해오겠지. 아니면 선발대 중 정예들만 공격을 해온다든가.'

나이젤은 최악의 상황을 가정했다.

어차피 에픽 미션 난이도가 불가능(신화)급이었기에 분명 최악의 상황이 닥칠 것이다.

그나마 다행인 사실은 파이런 같은 마족들의 숫자가 많지 않다는 사실이었다. 기껏해야 몇 명 정도.

파이런 같은 중급 마족급의 보스들은 오천 명급 지휘관으로 그 수가 많지 않았다.

크랄을 통해 선발대의 규모 정보를 조금이나마 캐낸 것도 있었고, 이번에 그라드의 카오스 그런트 선발대를 급습하면서 어느 정도 규모를 파악할 수 있었으니까.

그 정보들을 토대로 파이런이나 그라드 같은 부대 지휘관급 존재들은 많지 않다고 결론을 냈다.

하지만 만약 파이런 정도 되는 지휘관 보스들이 쳐들어온다면 상당한 피해를 각오해야 한다.

적어도 많은 수의 카오스 몬스터들을 이끌고 오거나 혹은 정예들만 엄선해서 공격하러 올 테니까.

'대비를 해야겠지.'

두 달 뒤에 있을 공격을 막으려면 좀 더 세력을 보강할 필요가 있었다.

그렇다고는 해도 결과적으로 본다면 지금까지 해온 일들을 그저 계속 해나갈 뿐이었다.

"그나저나 일단 스팀이 먼저 와야 할 텐데."

나이젤은 스팀에게 엘릭서를 먼저 구한 다음, 팬드래건 백작가를 방문할 생각이었다.

그곳에 그림자 늑대들의 본거지도 있으니까.

"앞으로 이틀만 더 기다려 볼……."

순간 나이젤은 놀란 표정을 지었다.

그르르!

그와 동시에 나이젤의 그림자 속에서 쉬고 있던 까망이가 화들짝 놀라며 튀어나왔다.

왜냐하면.

쩌적!

나이젤의 눈앞에서 공간이 갈라지고 있었으니까.

이윽고 공간이 갈라진 균열 속에서 한 인물이 모습을 드러냈다.

"안녕하세요? 차원 상인 스팀이라고 합니다."

"……."

나이젤은 어처구니없는 표정으로 스팀이라고 이름을 밝힌 사내를 바라봤다.

설마 공간을 넘어서 찾아올 줄이야.

"당신이 스팀?"

나이젤은 의심스러운 눈으로 스팀을 바라봤다.

나이는 이제 30대 초반은 되었을까?

허리까지 내려오는 백금발을 목뒤로 묶어 올린 모습에 실눈을 뜬 서양인 사내였으며, 심플하기 짝이 없는 검은색 정장을 입고 있었다.

그 때문에 위화감이 느껴졌다.

나이젤이 기억하던 트리플 킹덤 게임 속 떠돌이 상인 스팀과 다른 모습이었으니까.

또한, 이 세계는 중세 봉건시대이기는 했지만 복장은 근세에 가까웠다.

하지만 그걸 감안하더라도 지금 스팀의 정장 차림은 굉장히 현대적이었다.

아무리 봐도 이 세계와 어울리지 않는다.

그리고 스팀은 나이젤의 의심에 쐐기를 박았다.

"예. 2020번 '너 내 부하가 되어라' 회원님."

"……!"

미소를 지으며 답하는 스팀의 말에 나이젤은 흠칫 놀란 표정을 지었다.

현실에서 트리플 킹덤 게임을 플레이했을 때, 진현의 아이디가 '너 내 부하가 되어라'였기 때문이다.

그 아이디를 알고 있다는 소리는 역시.

"너희들이지? 너희들이 나를 이곳으로 보낸 거지?"

"유감이지만 그 질문에 대답할 수 없습니다. 제 권한 밖이거든요."

"그럼 트리플 킹덤 게임과는?"

"죄송하지만, 답해 드릴 수 없습니다."

스팀은 어색한 미소를 지으며 손을 흔들었다.

스팀의 대응에 나이젤의 눈초리가 날카로워졌다.

알 수 없는 이유로 인해 이 세계에 떨어지게 된 데다가, 어떻게든 난세에서 살아남기 위해 아등바등 발버둥 치고 있는 상황이었으니까.

"내 눈앞에 나타났으면서 아무 말도 하지 못하겠다? 아무 말도 하지 않고 여기서 무사히 나갈 수 있을 거라 생각하나?"

"글쎄요. 전 그저 일개 차원 상인일 뿐이니까요."

스팀은 의미를 알 수 없는 미소를 지어 보였다.

그 때문에 나이젤은 스팀이 마음에 들지 않았다.

그가 너무 여유로워 보였으니까.

"네가 알고 있는 걸 말하지 않겠다면 나도 가만히 있을 수는……."

'어?'

순간 나이젤은 말문이 막혔다.

스팀에게 말을 걸면서 자연스럽게 상태창 정보를 확인했다가 터무니없는 상황이 발생했기 때문이다.

[차원 상인, 스팀.]
정보 열람 불가.

'뭐야, 이거?'
나이젤은 속으로 놀랐지만 겉으로는 내색하지 않았다.
지금까지 시스템 덕분에 상대의 정보를 볼 수 있었다.
그런데 스팀의 정보는 볼 수 없었다.
나이, 성별, 종족, 스킬, 능력치 등등.
그리고 지금까지 느껴졌던 위화감의 이유도 알았다.
'감정색도 보이지 않는다고?'
나이젤은 자기도 모르게 식은땀이 흘렀다.
용의 눈으로 상대가 어떤 생각을 하고 있는지 색깔로 파악할
수 있었다.
하지만 스팀에게서는 아무것도 보이지 않았다.
마치 스팀에 관한 정보가 차단되어 있는 것처럼.
"넌 대체 뭐지?"
나이젤은 경계심이 가득한 눈으로 스팀을 바라봤다.
설마 시스템을 통해서 스팀에 대한 정보를 알아낼 수 없을 줄
이야!
"'너 내 부하가 되어라' 회원님이 놀라시는 것도 무리는 아니겠
죠. 하지만 조금 전에도 말씀드렸다시피 전 일개 차원 상인에 지
나지 않습니다."

쓴웃음을 지으며 답하는 스팀의 말에 나이젤은 의문이 들었다.

"차원 상인이라는 건 뭐지?"

트리플 킹덤 게임에서 스팀은 떠돌이 상인이지, 차원 상인은 아니었으니까.

"말 그대로죠. 차원과 차원을 넘나들며 물건을 파는 상인입니다."

"차원을 넘나든다고?"

'역시 여러 차원들이 존재한다는 소린가?'

카오스 몬스터들이 넘어오고 있는 세계, 카오스 차원계.

그 외에도 다른 차원들이 존재한단 말인가?

"예. 그리고 차원 이동을 비롯한 모든 차원 관련 일들은 차원 관리국에서 관리를 하고 있지요."

"차원 관리국?"

처음 들어보는 말이었다.

트리플 킹덤 게임에서 나오지 않았으니까.

"네. 그래서 제가 회원님에게 정보를 제공하는 건 금지되어 있습니다. 그에 따른 페널티를 받을 수 있거든요."

"페널티라……."

나이젤은 눈살을 찌푸렸다.

현재 자신은 노팅힐 영지에서 소속을 옮길 수 없었다.

이유는 단 하나.

페널티 때문이었다.

죽음이라는 이름의.

그리고 분명 차원 관리국이라는 곳에서 자신을 이 세계로 보냈을 터.

그렇다면.

"차원 관리국은 어떤 곳이지?"

"금지 사항입니다."

"그럼 이 세계는?"

"금지 사항입니다."

"그럼 나한테 말해줄 수 있는 건 뭐가 있지?"

나이젤은 날카로운 눈으로 스팀을 노려봤다.

어차피 기대도 하지 않았다.

스팀의 태도를 보면 자신에게 아무것도 이야기해 주지 않을 거라고 느꼈으니까.

"아무것도. 하지만 한 가지만큼은 말씀드릴 수 있습니다. 지금 회원님은 잘하고 계시다고요."

"뭐?"

이건 또 무슨 개소리지?

나이젤은 눈살을 찌푸렸다.

실질적으로 도움이 될 만한 정보를 듣고 싶었는데 잘하고 있다니?

"대체 뭘 잘하고 있다는 건지 모르겠는데."

"지금은 모르셔도 됩니다. 언젠가 알게 되는 날이 올 테니까요."

"지금 당장 알고 싶다만."

"서둘러서 좋을 건 없는 법이죠. 지금 해야 될 일을 하면 될 뿐."

스팀은 의미를 알 수 없는 미소를 지으며 나이젤을 바라봤다.

그 모습을 마주 보며 나이젤은 속으로 고민했다.

'어떡할까? 한번 들이박아 봐?'

지금까지 대화를 본다면 스팀은 중요한 정보들을 알고 있는 모양이었다.

그렇다면 무슨 수를 써서라도 정보를 캐내고 싶었다.

하지만.

'리스크가 커서 문제지.'

당장 눈앞에 있는 스팀이 얼마나 강한지조차 가늠되지 않았다. 상태창 정보를 볼 수 없는 상태니까.

그뿐만이 아니다.

'아무것도 느껴지지 않아.'

용마지체가 된 후, 나이젤의 감각은 민감해져 있었다.

그렇기에 상태창 정보를 확인을 하기도 전에 상대가 얼마나 강한지 감각적으로 가늠할 수 있었다.

하지만 그마저도 눈앞의 스팀에게는 해당되지 않았다.

그리고 그건 한 가지 사실을 의미했다.

'터무니없이 강하다는 건가?'

레벨 차도 어느 정도껏이지, 너무 심하게 나면 상대가 강한지 약한지조차 판단하지 못한다.

강자는 약자를 판단할 수 있지만, 약자는 강자를 판단할 수 없으니까.

하지만 만약 자신을 포함해서 크림슨 용병단 전원과 카테리나, 아리아, 다니엘이 달려든다면?

'안 돼.'

나이젤은 이내 속으로 고개를 흔들었다. 비록 이쪽에 라그나가 있다고 해도 반드시 사상자가 나올 테니까.

그리고 전투의 여파로 인해 노팅힐 성채 도시에 어마어마한 인명 피해가 발생할 수 있었다.

"그렇게 뜨거운 눈으로 바라보시면 아무리 저라고 해도 참을 수 없을 것 같은데요."

"뭐?"

반문하는 나이젤을 향해 스팀이 성큼성큼 다가왔다.

스팀의 숨소리가 느껴질 정도로 거리가 가까웠다.

그 상황에서 스팀은 천천히 실눈을 뜨며 입을 열었다.

"저에 대해 알고 싶으시다면 못 알려줄 것도 없지요. 좋아하는 음식이 무엇인지, 취미는 무엇인지 얼마든지 이야기해 드리겠습니다."

스팀은 장난스러운 미소를 지으며 말했다. 대체 웃고 있는 저 푸른 눈동자 속에 무엇을 숨기고 있을까.

"그런 건 별로 알고 싶지 않은데."

"유감이네요. '너 내 부하가 되어라' 회원님이라면 저에 대해 전부 이야기해 드려도 되는데."

"나이젤."

"예?"

"그냥 나이젤이라고 부르라고."

나이젤은 눈살을 찌푸리며 말했다.

게임 아이디로 불리고 있으니 영 기분이 이상했기 때문이다.

"그래도 될까요? 회원님과 가까워진 것 같아 기쁘네요. 그럼 전 테일러라고 불러주세요. 그쪽이 본명이라."

"스팀이 이름이 아니고?"

스팀, 아니 테일러의 말에 나이젤은 조금 놀란 표정을 지었다. 설마 이름이 따로 있을 줄은 몰랐으니까.

"뭐, 스팀은 상단 이름 같은 거라."

테일러는 쓴웃음을 지어 보였다.

그리고 그 말에 나이젤은 고개를 끄덕였다.

"그렇군. 그럼 스팀. 시시한 이야기는 그만하고 본론으로 들어가지."

나이젤은 유독 스팀이라는 발음에 악센트를 줬다.

그리고 가능하면 테일러와 좋은 관계를 유지하는 쪽으로 노선을 돌렸다.

'적으로 돌리기에는 리스크가 커.'

테일러가 얼마나 강한 존재인지 파악도 되지 않는 상황.

거기다 어쨌거나 테일러는 신비한 상인 스팀이다. 전공 포인트로 구하기 힘든 아이템들을 구매할 수 있게 해주는 존재였다.

만약 테일러와 사이가 틀어진다면 아이템들을 구매할 수 없게 될 터였다.

"그렇게 남처럼 말하지 말고 테일러라고 불러주세요."

"아직은 그럴 기분이 들지 않아서."

'당분간은 두고 봐야지.'

자신을 이런 서바이벌 전쟁 세계로 보낸 존재들과 테일러가 어떤 연관성이 있는 건 분명했다.

그러니 아직 테일러를 신용할 수 없었다.

"그럼 친해지기 위한 기념으로 제가 선물을 하나 드리죠."

"선물?"

나이젤은 코웃음이 나왔다.

현재 자신이 가장 원하는 건 다름 아닌 정보였다.

이 세계가 어떤 곳이고, 자신은 왜 오게 된 것인지.

그리고 차원 관리국이란 대체 무엇을 하는 곳인지.

그 어떤 무엇을 준다고 해도, 나이젤이 알고 싶어 하는 정보와 맞먹는 가치를 지니고 있을 리 없었다.

"절 테일러라고 불러주신다면 이걸 드리겠습니다."

테일러는 아무것도 없는 허공에 불쑥 손을 집어넣었다.

아공간 보관고였다.

상인이라면서 빈손인 이유가 있었던 것이다.

이윽고 아공간 안에서 물건을 하나 꺼낸 테일러는 그것을 나이젤의 책상 위에 올렸다.

그것을 본 나이젤은 놀란 표정으로 눈을 크게 떴다.

테일러가 꺼낸 물건은 기계 부품처럼 보이는 금속이었다.

하지만 그 안에서 느껴지는 마력 양은 결코 무시할 수 없었다.

[A급 마나 코어.]

"이걸 정말 나한테 주겠다고?"

나이젤은 놀란 표정을 지으며 테일러를 바라봤다.

"예, 물론입니다."

테일러는 미소를 지으며 답했다.

마나 코어는 마도전투장갑복, 헤카톤케일의 핵심 부품이다.

특히 지금 테일러가 꺼낸 A급 마나 코어는 양산형 헤카톤케일에 쓰이는 것 중에는 최상위권에 속한다.

그렇기에 중급이나 상급 양산형 헤카톤케일의 심장부에 A급 마나 코어를 박아 넣는다면 출력만큼은 최상급이 될 수 있었다.

당연히 중급(C)이나 상급(B)보다 강해지며 최상급에도 비벼 볼 만해진다.

물론 중급이나 상급 정도 되는 헤카톤케일은 A급 마나 코어의 최대 출력을 오랫동안 버티지 못한다는 단점이 있기는 있었다.

하지만 그것도 순간 최대 출력이나, A급 마나 코어의 평균 출력량을 버텨낼 수 있는 최상급 헤카톤케일을 구하면 되는 일이었다.

'안 그래도 슬슬 헤카톤케일을 구하려고 했었는데.'

나이젤은 마스터 전용 전설 등급 헤카톤케일까지는 아니더라도 쓸 만한 녀석을 하나 구할 생각이긴 했었다. 다만, 문제는 헤카톤케일의 핵심이라고 할 수 있는 마나 코어였다.

현재로서는 기껏해야 C급이나, 혹은 B급 마나 코어가 박혀 있는 헤카톤케일을 구할 수 있었다.

그런데 설마 테일러가 A급 마나 코어를 무상으로 내어줄 줄이야.

'이러면 이야기가 달라지지.'

A급 마나 코어는 핵심 부품이라 구하기 어렵지만, 최상급에 해당하는 헤카톤케일 전투복 자체는 구하기가 어렵진 않았다.

드워프 장인들이 모여 있는 그랜드 공방이 노팅힐 영지에 있었으니까.

적당히 상급 헤카톤케일을 구한 다음 오리하르콘이나 미스릴 같은 재료를 넘겨주고 강화시켜 달라고 하면 된다.

하지만 A급 마나 코어는 고위 마법사와 연금술사가 있어야 제작할 수 있었다. 유감스럽게도 노팅힐 영지에는 없는 상황.

그리고 A급 마나 코어를 스팀을 통해서 사려면 무려 20만 전공 포인트가 필요했다.

참고로 S급은 50만이었다.

"나한테서 뭘 원하지?"

잠시 A급 마나 코어에 마음이 혹했던 나이젤은 테일러를 의심스러운 눈초리로 바라봤다.

아무리 생각해도 A급 마나 코어를 선물로 준다는 건 다른 꿍꿍이가 있을 것 같았기 때문이다.

"제 이름을 불러주는 것만으로도 충분합니다."

"정말 그것뿐이라고?"

"예, 저는 나이젤 님과 좋은 관계를 유지하고 싶거든요."

"무엇 때문에?"

"이 세상에서 나이젤 님이 어떤 삶을 살아갈지 보고 싶거든요. 그리고 저는 이래 보여도 상인입니다. 이 세계에서 전공 포인트를 얻을 수 있는 건 플레이어뿐이죠."

'과연.'

나이젤은 속으로 고개를 끄덕였다.

전공 포인트.

아무래도 WP는 다른 차원에서 화폐 같은 걸로 사용하는 모양이었다.

그 때문에 테일러가 WP를 원하고 있는 것일 터.

그리고 이 세계에서 전공 포인트를 얻을 수 있는 존재는 플레이어인 자신밖에 없다는 얘기.

"알겠다. 그럼 이건 우호의 의미로 받도록 하지."

마도전투장갑복의 심장이라고 할 수 있는 핵심 부품, A급 마나 코어.

테일러를 스팀이라 부르며 거절하기에는 너무 큰 가치의 물건이었다.

"테일러."

나이젤은 테일러의 이름을 마지막으로 부른 후, A급 마나 코어를 그림자 속 아공간 보관소에 챙겨 넣었다.

"제가 이래서 나이젤 님을 좋아한다니까요."

테일러는 작은 미소를 지었다.

"그럼 이제 협상을 시작하도록 하지."

나이젤은 깍지를 낀 손으로 턱을 받치며 말했다.

"협상이요?"

나이젤의 말에 테일러는 의아한 표정으로 반문했다.

이제 테일러를 통해 차원 관리국과 관련된 정보를 얻어내는 건 무리라고 판단된 상황.

그렇다면 이제 신비한 상인인 테일러를 상대로 흥정할 생각이었다.

"내가 엘릭서가 필요하거든. 전공 포인트 5천에 넘기는 건 어때?"

"아니, 그건 좀……."

테일러는 손사래를 치며 식은땀을 흘렸다.

만병통치약에 가까운 완전 회복 포션 엘릭서를 5천 전공 포인트에 팔라니?

"왜? 20만짜리 마나 코어는 그냥 줬으면서 엘릭서는 5천에도 팔지 못하나?"

"마나 코어는 우호의 표시로 드린 것이고요. 엘릭서는 제가 팔아야 할 물건이니까요. 5천은 아무래도 너무 좀⋯⋯."

"반값 이벤트라고 하면 되잖아."

"반값 이벤트는 A급 마나 코어로 대체되었다고 생각해 주시면⋯⋯."

"서비스 좀 해주지?"

"10%라면 할인해서 9천에 드릴 수 있습니다."

"그럼 6천."

"8천."

"7천."

"7, 7천 5백에는 안 될까요?"

테일러는 반쯤 포기한 표정으로 고개를 숙였다.

"오케이. 7천 5백."

엘릭서의 본래 가격은 1만 전공 포인트.

그걸 7천 5백에 산다면 꽤 이득이었다.

"나이젤 님은 정말 방심할 수 없는 분이군요."

테일러는 고개를 절레절레 흔들며 엘릭서를 하나 꺼냈다.

그런 테일러에게 나이젤은 한마디 덧붙였다.

"하나 말고 두 개 더."

"……."

테일러는 할 말을 잃었다.

"정말 방심하면 안 되는 분이네요."

결국 테일러는 25% 할인된 가격으로 엘릭서 3개를 나이젤에게 팔았다.

"고맙군."

나이젤은 시스템 창을 통해 테일러와 거래를 완료했다.

스킬들을 업그레이드하고 남은 전공 포인트는 약 4만 정도.

그중 22,500WP를 엘릭서 3개를 구매하는 데 썼다.

이제 남은 전공 포인트는 약 2만이었다.

"또 필요한 건 없으십니까?"

"응. 이제 없어."

나이젤은 고개를 끄덕였다.

2만 전공 포인트면 테일러에게서 여러 가지 아이템들을 살 수 있었다.

하지만 굳이 전공 포인트를 소모해 가면서까지 사야 할 아이템은 없었다.

이 세계에서도 구할 수 있는 것들이었으니까.

'나중에 헤카톤케일 강화를 위해 필요한 미스릴이나 오리하르콘도 아직 남아 있으니 말이야.'

2성 히든 던전 메탈 마인에서 얻었던 희귀 금속, 아다만타이트와 미스릴 그리고 오리하르콘은 아직 몇 개 더 남아 있었다.

그것들을 사용해서 나이젤 전용 헤카톤케일을 만들면 되었기에 굳이 지금 테일러에게서 희귀 금속을 사지 않아도 되었다.

'최대한 전공 포인트를 모아서 스킬 업그레이드를 해야 돼.'

아직 업그레이드해야 할 무공 스킬들만 해도 2개나 되었다.

그 무공 스킬 2개만 해도 무려 10만이 넘었고, 거기에 나머지 일반 스킬들까지 업그레이드하려면 상당히 많은 전공 포인트가 필요했다.

"알겠습니다. 그럼 이걸⋯⋯."

나이젤의 대답에 테일러는 명패 같은 걸 내밀었다.

"이건?"

"저희 신비한 차원 상단의 회원증입니다. 이걸로 필요할 때 절 부르실 수 있습니다."

"이걸로 부를 수 있다고?"

나이젤은 놀란 표정을 지었다.

안 그래도 언제 다시 테일러가 올지 알 수 없었는데 자신이 필요할 때 부를 수 있다고 하지 않는가?

"장소는?"

"언제 어느 곳이든 상관없습니다. 나이젤 님이 불러주시면 특별히 1분 안에 도착할 수 있도록 힘내 드리죠."

"그래 준다면 나야 고맙지."

"뭘요. 나이젤 님을 향한 저의 마음이죠."

"아니, 그건 좀⋯⋯."

테일러의 열렬한 반응에 나이젤은 손사래를 치며 말꼬리를 흘렸다.

바로 그때.

[차원 상인 테일러의 호감도가 1올랐습니다. 현재 테일러의 호감도는 43입니다. 당신에게 관심을 가지고 있습니다.]

"……."

누군가가 갑자기 뒤통수를 후려치듯 눈앞에 떠오른 메시지를 확인한 나이젤은 할 말을 잃었다.

'와, 얘도 호감도가 있어?'

나이젤은 바보가 아니다.

테일러가 이 세계의 주민이 아니라는 사실은 이미 파악했다.

그런데 설마 테일러에 대한 호감도 시스템이 적용될 줄이야.

'이러면 이야기가 다르지.'

나이젤은 속으로 씩 미소를 지었다.

북풍과 태양이라는 이솝 우화가 있다.

그 이야기처럼 북풍으로 나그네의 옷을 벗길 수 없다면, 태양과 같은 따뜻함으로 테일러의 호감도를 최대치까지, 끝까지 올리면 과연 어떻게 될까?

차원 관리국에 대한 정보를 얻어낼 수 있을지도 몰랐다.

그리고 설령 정보를 듣지 못하더라도 테일러가 관리하는 아이템들을 싼값에 구매할 수 있을 가능성이 높았다.

"그럼 전 이만 가보도록 하겠습니다. 제가 이래 보여도 바쁜 몸이라서요."

"나도 더 이상 볼일은 없으니까. 마나 코어는 잘 쓸게. 다음에 오면 차라도 내주도록 하지."

"신경 써주셔서 감사합니다."

[차원 상인 테일러의 호감도가 1 올랐습니다.]

나이젤은 눈앞에 떠오른 호감도 메시지를 바라보며 속으로 만족스러운 미소를 지었다. 최대한 테일러와 좋은 관계를 유지하면서 호감도를 계속 올릴 생각이었다.

"그럼."

즈즈즁.

마지막으로 나이젤을 향해 고개를 숙인 테일러는 공간의 균열을 열고 들어가려고 했다.

"잠깐."

그때 문득 궁금증이 생긴 나이젤은 테일러를 불러 세웠다.

그리고 의아한 표정으로 자신을 바라보는 테일러를 향해 나이젤은 한마디 던졌다.

"이 세계에서 플레이어는 또 누가 있지?"

나이젤의 물음에 테일러는 지금까지와는 다르게 의미를 알 수 없는 미소를 지어 보였다.

"금지 사항입니다."

그 한마디를 남기고 테일러는 차원의 저편으로 사라졌다.

"후."

나이젤은 숨을 길게 내쉬며 의자에 등을 기댔다.

'나 말고 다른 플레이어가 있다는 말일까? 아니면 없다는 말일까?'

사실 예전부터 생각하고 있던 의문이었다.

트리플 킹덤 게임을 플레이했던 자신이 이 세계에서 눈을 뜬 것처럼, 다른 플레이어들도 있지 않을까 충분히 생각해 볼 문제였으니까.

그래서 테일러에게 한번 찔러봤지만, 역시나 대답을 회피당했다. 하지만 용마지체가 된 나이젤의 예민한 감각에 미세하지만 테일러의 반응이 걸려들었다. 금지 사항이라고 말하는 테일러의 눈이 일순간 빛났으니까.

시스템이나 용마지체의 감각으로 테일러의 강함을 파악하지는 못했지만, 미세한 변화 정도는 알아차릴 수 있었다.

그리고 그때 테일러가 지은 웃음은 상인의 미소였다.

'다른 플레이어가 있다는 건가?'

테일러의 반응을 본다면 가능성이 없는 이야기는 아니었다.

테일러가 원하는 건 전공 포인트였다. 그리고 이 세계에서 전공 포인트를 얻을 수 있는 존재는 플레이어뿐.

나이젤의 질문에 상인의 얼굴을 보였다는 말은 다른 플레이어가 있다는 걸 암시한다고 볼 수 있었다.

물론 정확한 건 직접 확인해야겠지만.

'만약 다른 플레이어가 있다고 해도 내가 할 일은 변하지 않아.'

이전과 마찬가지로 영지를 강화시켜 나갈 뿐.

어찌 되었든 이 세계는 약육강식의 법칙으로 굴러가니까.

나이젤은 자신의 집무실 의자에 편히 앉은 채 눈을 감았다.

*　　　　*　　　　*

다음 날.

첫 번째 목적이었던 신비한 상인 스팀과 거래를 마친 나이젤은 성채 도시를 나서기로 했다.

그래서 아침부터 다리안 영주의 집무실을 찾았다.

"아니, 이번엔 또 어딜 가겠다는 건가?"

다리안 영주는 놀란 표정으로 나이젤을 바라봤다.

아침부터 찾아온 나이젤이 성채 도시를 나가서 어디 좀 갔다 오겠다고 이야기했기 때문이다.

"잠깐 팬드래건 백작 영지까지 갔다 오려고 합니다."

나이젤은 별것 아니라는 표정으로 대답했지만, 다리안 영주는 그렇지 못했다.

"팬드래건 백작 영지라고?"

나이젤의 말에 다리안 영주는 화들짝 놀라며 반문했다.

팬드래건 영지가 어디인가?

말을 타고 가도 족히 열흘 이상 걸리는 조금 먼 곳이다.

그런데 그런 곳을 마치 산책이라도 가는 것처럼 가볍게 이야기하다니?

그리고 팬드래건 영지라면 무려 다리안 영주도 알고 있을 정도로 유명한 곳이다. 최근 세력이 커지고 있는 백작 가문이었으니까.

사실상 동부 변경 지역에서부터 가까운 내륙 쪽 영지들 중에서 가장 큰 세력이라고 할 수 있었다.

그런 곳에 나이젤이 가겠다는 소리는 즉.

"이제 우리 영지를 떠날 생각인가?"

다리안 영주는 울먹울먹한 표정으로 나이젤을 바라봤다.

[다리안 영주가 슬픔에 빠집니다. 호감도가 1포인트 하락합니다.]

'헐.'

나이젤은 다리안 영주의 지레짐작에 호감도가 하락하는 모습을 보면서 속으로 고개를 절레절레 흔들었다.

"노팅힐 영지에서 떠날 생각은 없으니 걱정하지 않으셔도 됩니다."

'뭐, 나가라고 해도 안 나갈 거지만.'

지금까지 노팅힐 영지를 강화시키기 위해 얼마나 많은 노력을 했던가?

이제는 아까워서라도 나가기 싫었다.

"정말인가? 그럼 다행이지."

다리안 영주는 한시름 놓은 표정을 지었다.

[당신의 대답에 다리안 영주가 안도합니다. 호감도가 2포인트 상승합니다.]

눈앞에 떠오른 메시지를 확인한 나이젤은 헛웃음이 나왔다. 1포인트를 주고 2포인트를 받았으니까.

"그런데 팬드래건 백작 영지에는 무슨 일로 가려는 겐가?"

다리안 영주는 궁금하다는 표정으로 물었다.

불과 얼마 전, 노팅힐 영지를 공격하려고 했던 그런트 몬스터

군세를 막아낸 지, 이제 고작 며칠밖에 지나지 않은 시점이었다.

현재 노팅힐 영지의 성채 도시는 굉장히 활발한 움직임을 보이고 있었다.

도시 외벽을 강화하면서 망루를 짓거나 자동 석궁 발사기를 비롯한 발리스타나 투석기를 설치 중이었다.

그리고 영지군 병사들의 훈련도 빡세게 굴리고 있었으며, 훈련 교관은 다름 아닌 크림슨 용병단원들이 맡고 있었다.

그 때문에 병사들의 입에서 죽겠다는 볼멘소리가 한 시간마다 나오고 있는 상황.

그뿐만이 아니라 아세라드와 해리, 루크를 중심으로 노팅힐 남작가에서 운영하는 상단도 만들었다.

현재 카오스 몬스터들의 부산물들을 수거해서 내륙 영지에 팔기 위해 준비 중인 상황이었다.

이러한 모든 일들은 대규모 몬스터 무리들이 영지를 침공해 온다는 나이젤의 말 한마디에서 시작되었다.

바로 몬스터 웨이브였다.

그리고 카오스 몬스터들의 2차 웨이브에 관한 보고를 할 때, 나이젤이 약 두 달쯤 뒤에 대규모 공세가 시작될 거라고 이야기 해 주지 않았던가?

이런 상황에서 대체 왜 팬드래건 백작가로 가겠다고 한 것일까?

"팬드래건 백작가에 가서 도움을 요청할 생각입니다."

"도움?"

"예. 다리안 영주님도 아시다시피 이제 두 달도 안 돼서 카오스 몬스터들이 몰려올 겁니다. 이전보다 규모가 더 클 거라 예상

되고 있죠. 그래서 팬드래건 백작가와 접촉해 보려고요."

"난 그것도 모르고……."

미안해진 다리안 영주는 고개를 들지 못했다.

처음 나이젤이 팬드래건 백작 영지에 간다고 했을 때 자기도 모르게 오해를 했었으니까.

나이젤이 팬드래건 백작가로 떠나는 게 아닐까 하고.

"괜찮습니다. 전 계속 노팅힐 영지에 남아 있을 테니까요."

시무룩해진 표정을 짓고 있는 다리안 영주에게 나이젤은 웃으며 말했다.

어차피 신화급 불가능 난이도의 페널티 때문에 노팅힐 영지에서 다른 곳으로 소속을 옮길 수도 없었다.

"고맙네."

다리안 영주는 말없이 나이젤을 바라보다 한마디 했다.

그의 입장에서 나이젤은 신기한 인물이 아닐 수 없었다.

이전부터 나이젤이 영지군 내에서 당당하게 행동하고 있다는 건 알고 있었다.

그 모습이 보기 좋았기에 다리안 영주는 나이젤을 붙잡았었다. 그리고 그때 그 선택은 틀리지 않았다고 생각했다.

어느 순간부터 나이젤이 엄청나게 두각을 드러내기 시작하면서, 이전과는 비교도 되지 않을 정도로 영지의 성채 도시를 발전시키고 있었으니까.

거기다 영지 밖으로 나갔다가 돌아올 때마다 굉장한 재능을 가진 인재들을 물어 왔다.

그랜드 공방의 장인 드워프들부터 시작해서 크림슨 용병단과 다니엘까지.

노팅힐 영지를 위해서 바깥으로 나갔다가 돌아올 때마다 도움이 되는 인물들을 데리고 돌아오는 나이젤이 다리안 영주는 고맙고 미안했다.

자신이 나이젤에게 해줄 수 있는 일보다, 나이젤이 자신에게 해주고 있는 일이 더 많았으니까.

"뭘요. 제가 할 일인데요."

모든 건, 이 세계에서 생존하기 위해.

그렇기에 노팅힐 영지를 거점으로 삼아 부국강병책을 실행하고 있을 뿐이었다.

그리고 나이젤의 최종 목적은,

'최대한 빨리 난세를 끝내고 편하게 살아야지.'

혼란스러운 난세의 시대를 끝내고 안정화된 세상에서 남은 생을 평화롭게 보내는 것.

그러기 위해서 이용할 수 있는 것들은 전부 이용할 생각이었다.

"그럼 전 이만 가보도록 하겠습니다."

"벌써 가려고? 차라도 한잔하면서 좀 더 이야기하지 않고?"

"시간이 없어서요. 팬드래건 백작가를 들른 다음, 시간이 되면 다른 영주들도 만나볼 생각입니다."

"그런가?"

나이젤의 대답에 다리안 영주는 아쉬운 표정을 지었다.

이번에 나이젤이 영지를 나가면 최소 한 달 이상 얼굴 보기가 힘들어질 거라 생각했기 때문이다.

하지만 어쩔 수 없는 일이었다.

팬드래건 백작가를 비롯한 다른 영주들과 연합을 하기 위해 떠나려고 하는 것이었으니까.

다름 아닌 노팅힐 영지를 위해서.

"알겠네. 아, 참. 이번 카오스 몬스터들의 위협이 무사히 끝나면 기대하도록 하게. 자네를 위해 깜짝선물을 준비해 놓을 테니."

"예? 깜짝선물요?"

갑작스러운 다리안 영주의 말에 나이젤은 고개를 갸웃거렸다.

설마 다리안 영주에게서 선물을 준비한다는 이야기를 들을 줄은 몰랐으니까.

'이미 기사 작위와 백부장이라는 지위를 받았는데?'

노팅힐 영지군에서 백부장은 나이젤과 가리안뿐이었다.

그리고 사실상 현재 영지군을 이끄는 최고 사령관은 나이젤이라고 볼 수 있었다.

노팅힐 영지가 발전할 수 있는 기반을 닦아놓았고, 영지군의 핵심이라고 할 수 있는 무장들 대부분을 나이젤이 직접 발로 뛰어서 영입해 왔으니까.

가리안 백부장보다도 훨씬 더 많은 업적을 이루어낸 것이다.

그렇기에 다리안 영주는 나이젤을 좋게 볼 수밖에 없었고, 가리안 백부장 또한 마찬가지였다.

그리고 가리안 백부장은 크림슨 용병단원들과 성향이 비슷해 싸움과 술을 좋아했다.

그 때문인지 종종 용병단원들과 함께 영주성 아래 거리에 있는 술집에서 술을 마시는 모습을 볼 수 있었다.

"이번 선물은 기대해도 좋을 거네."

다리안 영주는 흐뭇한 미소로 나이젤을 바라보며 말했다.

"예."

'뭐지? 자신감 증가 스킬을 너무 많이 사용한 부작용인가?'

나이젤은 속으로 고개를 갸웃거렸다.

다리안 영주는 자신감이 부족하고 우유부단한 인물이었다.

그래서 나이젤은 종종 자신감 증가 스킬을 다리안 영주에게 몰래 사용했다. 일 처리를 할 때 다리안 영주의 자신감 넘치는 모습도 보고, 숙련도도 올리고 일석이조였으니까.

그런데 보라.

자신감 증가 스킬을 사용하지 않았는데도, 지금 다리안 영주는 자신감이 넘치는 표정으로 흐뭇한 미소를 지으며 나이젤을 바라보고 있었다.

아무래도 자신감 증가 스킬을 너무 많이 걸어서 부작용이 온 모양.

하지만 좋은 부작용이었다.

이제 자신이 영지를 비워도 다리안 영주가 어느 누구에게 주눅 드는 모습은 보이지 않을 테니까.

"그럼 기대해 보겠습니다."

"암, 그래야지. 자네 마음에 쏙 들 거야."

"그렇게 말씀하시니 정말 궁금해지네요."

이쯤 되니 나이젤은 진짜로 궁금해졌다.

대체 어떤 선물을 준비했기에 언제나 주눅 들어 보이던 다리안 영주가 저렇게 자신만만한 표정을 짓는 것일까.

"이번 사태가 끝나면 알게 될 걸세."

여전히 다리안 영주는 미소를 지으며 답했다.

결국 선물이 무엇인지는 첫 번째 에피소드 미션이 끝나봐야 알 수 있을 것 같았다.

"알겠습니다."

나이젤은 고개를 숙인 후, 다리안 영주의 집무실을 나왔다.

*　　　*　　　*

그날 나이젤은 카테리나와 다니엘을 찾아갔다.

팬드래건 백작가를 방문할 때, 그들을 수행원으로 데려갈 생각이었으니까.

'라그나는 혹시 모를 사태에 대비해서 남겨두어야지.'

라그나를 비롯한 크림슨 용병단은 영지에 놔둘 생각이었다.

혹여나 예상치 못한 비상사태가 발생할지도 몰랐기 때문이다.

애초에 크림슨 용병단과 연장 계약을 한 이유도 자신이 없을 때, 영지를 지키기 위함이었다.

그리고 라그나를 비롯한 용병단과 아리아라면 비상사태에 충분히 대응할 수 있을 터.

"준비는 다 됐어?"

삐익!

나이젤의 말에 그리폰 리더 알파가 날개를 활짝 펼치며 울음소리를 흘렸다. 이미 여행 준비 필요한 물품들은 까망이의 아공간 보관고에 챙겨놓았다.

남은 건, 알파가 준비를 마치는 것뿐.

나이젤은 알파의 등 위에 훌쩍 올라탔다. 그리고 카테리나와 다니엘은 팬드래건 백작 영지에 나이젤보다 조금 늦게 도착할 예정이었다.

팬드래건 영지에서 그림자 늑대들과 만나기 전에 먼저 들러야 할 곳이 있었기 때문이다.

"그럼 가볼까?"

그렇게 나이젤은 노팅힐 영지에서 그리폰 알파를 타고 하늘로 날아올랐다.

그림자 늑대들의 왕,

섀도우 울프킹의 무덤을 향해.

Chapter

2

약 200여 년 전, 슈테른 제국의 밤을 지배하는 존재가 있었다.

어둠 속에서 암약하는 그림자 늑대들의 왕이라고 불리는 전설적인 암살자, 섀도우 울프킹.

트리플 킹덤 게임에서 설정상으로만 존재하지만, 그가 남긴 무덤이 있었다.

제국의 밤을 지배하던 고독한 늑대왕이 남긴 무덤.

여러 호사가들이나, 도적들, 여러 암살자들까지 혈안이 되어 섀도우 울프킹이 남긴 무덤을 찾으려고 했다.

섀도우 울프킹이 생전에 사용했던 비보, 아티팩트나 비급서 등 여러 보물들이 숨겨져 있다는 말이 돌았기 때문이다.

나이젤이 섀도우 울프킹의 무덤을 찾은 이유도 숨겨져 있는 보물들을 얻기 위함이었다.

그것들 중에 그림자 늑대들이 미치도록 원하는 보물이 들어 있으니까.

하지만 그 누구도 섀도우 울프킹의 무덤을 찾을 수 없었다.

그곳은 아무도 알 수 없는 비밀스러운 장소에 숨겨져 있었으니까.

그러나.

'나는 어디에 있는지 알고 있지.'

나이젤은 아니었다.

이미 트리플 킹덤 게임에서 섀도우 울프킹이 남긴 무덤을 공략한 적이 있었기 때문이다.

섀도우 울프킹의 무덤은 이른바 트리플 킹덤 게임의 히든 던전이었다.

그리고 그림자 늑대의 본거지가 있는 동부가 아닌 남부 쪽에 숨겨져 있었다. 다만 대략적인 위치만 알고 있었기에 정확히 숨겨져 있는 장소를 찾는 데는 조금 시간이 필요할 터였다.

다른 존재들이 여태껏 제국 남부 지역에 숨겨져 있는 무덤을 찾지 못한 데는 다 이유가 있었으니까.

제국 남부는 위험 지역이었던 것이다.

넓게 펼쳐져 있는 숲과 산속에는 다양한 몬스터들이 서식하고 있었으며, 무엇보다 동부에서부터 이어져 내려온 기간테스 산맥이 자리 잡고 있었다.

그 때문에 동부보다 훨씬 더 위험한 몬스터들이 자리싸움을 심하게 하고 있는 지역이기도 했다.

'알파가 아니었으면 여기까지 오는 것도 힘들지.'

나이젤은 미소를 지으며 괜히 한 번 알파의 목을 쓰다듬어 주었다.

삐이익.

그러자 알파는 기분 좋은 울음소리를 내며 창공을 가로질렀다.

키아아악!

크에에엑!

그리고 나이젤과 알파가 상공에서 날고 있는 사이 아래에 있는 숲속에서는 몬스터들의 괴성이 끊임없이 울려 퍼지고 있었다. 숲속에 수많은 몬스터들이 떼 지어 몰려 있었으니까.

이처럼 섀도우 울프킹의 무덤은 위험하기 짝이 없는 장소에 있었기 때문에 위치를 알고 있어도 찾아오기가 힘들었다.

만약 알파가 없었으면 나이젤은 수도 없이 많은 몬스터들과 사투를 벌여야 했을 테고 그만큼 시간이 더 오래 지체되었을 것이다.

'저기군.'

그때 알파를 타고 상공을 날던 나이젤의 눈에 쌍둥이처럼 생긴 거대한 바위가 보이기 시작했다.

수많은 나무들이 우거져 있는 숲속의 공터에 툭 튀어나온 쌍둥이 바위.

바로 저 쌍둥이 바위가 이정표였다.

쌍둥이 바위의 정면에서 얼마 떨어지지 않은 곳에 섀도우 울프킹의 무덤 입구가 숨겨져 있었으니까.

'대략 이쯤인가?'

나이젤은 쌍둥이 바위의 정면에서 좀 떨어진 상공 주변을 돌며 무덤 입구가 있을 법한 장소를 찾아봤다.

"알파야, 저쪽으로 가보자."

삐이.

나이젤이 가리킨 장소를 향해 알파는 천천히 하강을 하며 최대한 조용히 내려앉았다.

알파가 착지하는 소리를 듣고 주변에 있던 고블린이나 오크 같은 잡몹들이 몰려오는 건 상관없었다.

하지만 잡몹들과 소동을 벌였다가 4성이나 5성급 이상 몬스터들이 몰려오기라도 한다면 본말전도의 상황이 될 수 있었다.

섀도우 울프킹의 무덤을 찾으러 왔지, 제국 남부에 있는 몬스터들을 처리하려고 온 게 아니었으니까.

"무덤 입구가 어디에 있으려나?"

알파의 등에서 내려온 나이젤은 주변을 둘러봤다. 다행히 몬스터들의 기척은 느껴지지 않았다.

애초에 알파는 환수인 그리폰 무리들을 이끄는 리더였다.

사실 어지간한 잡몹들은 알파의 기운을 느끼고 다가올 생각도 하지 못할 것이다.

'분명 지하로 내려가는 입구였었지.'

섀도우 울프킹의 무덤은 지하에 있었다. 즉 입구는 지면 어딘가에 있을 터.

크와앙.

그때 나이젤의 그림자 속에서 뒹굴거리며 쉬고 있던 까망이가 고개를 쏙 내밀었다.

"까망이 나왔어?"

나이젤은 귀엽다는 표정으로 까망이를 바라보며 머리를 쓰다 듬었다. 나이트 울프로 진화하면서 덩치가 커졌지만 여전히 귀여웠기 때문이다.

나이젤의 어깨 위에서 귀엽게 머리를 부비던 까망이는 이내 지면에 뛰어내렸다.

킁킁.

그리고 지면에 코를 대고 냄새를 맡기 시작했다.

"까망아, 왜 그래?"

나이젤은 의아한 표정으로 까망이를 바라봤다.

왕왕.

까망이는 나이젤을 돌아보더니 작게 짖었다. 그러더니 어디론가 뛰어가기 시작했다, 마치 무언가를 찾은 것처럼.

그 모습을 본 나이젤은 불현듯 깨달았다.

"설마 무덤 입구를 찾은 거야?"

나이젤은 재빨리 까망이의 뒤를 따르기 시작했다.

삐.

그리고 알파도 뒤처질세라 날개를 퍼덕이며 나이젤의 뒤를 따랐다.

킁킁!

그 와중에 까망이는 지면에 코를 묻었다가 다시 고개를 들었다가를 반복하며 어디론가 바쁘게 움직였다.

그 모습에서 나이젤은 확신했다.

'역시 무덤 입구를 찾는 것 같은데.'

아무래도 섀도우 울프킹의 무덤과 까망이의 사이에 무언가 통하는 게 있는 모양.

실제로 히든 던전 새도우 울프킹의 무덤을 클리어하면 얻을 수 있는 보상은 다름 아닌 그림자 은신술이었다.

그리고 까망이는 그림자 차원 생명체였다. 둘 다 그림자라는 서로 통하는 부분이 있었다.

왕! 왕! 헥헥헥!

그때 까망이가 무언가를 찾은 듯 제자리에 멈춰 선 채 해맑은 표정으로 나이젤을 향해 귀엽게 짖었다.

'발견한 건가?'

그 모습에 나이젤은 부푼 희망을 안고 까망이를 향해 다가갔다.

핥핥!

"……."

순간 나이젤은 우뚝 발걸음을 멈췄다. 무덤 입구를 발견한 줄 알았던 까망이가 다른 걸 발견했으니까.

[당신의 소환수 까망이가 남부 특산 과일을 발견했습니다!]

넌 초식성이었던 거니? 육식성이 아니었니?

나이젤은 아연한 표정으로 까망이를 바라봤다.

자신의 어깨에서 뛰어내린 후 무언가를 찾아서 바쁘게 가는 걸 보고 무덤 입구라도 찾은 줄 알았더니 설마 듣도 보도 못한 과일을 찾아낼 줄이야.

[당신의 소환수 까망이가 스트로베리를 핥으며 행복해하고 있

습니다. 까망이의 행복도와 호감도가 소폭 상승합니다.]

"그래, 네가 좋다는데 내가 뭘 어쩌겠냐?"

나이젤은 헛웃음을 흘렸다.

지금까지 까망이의 도움을 받았던 적이 얼마나 많았던가?

이 정도 일탈이라면 귀여운 수준이었다.

나이젤은 꼬리를 풍차처럼 돌리며 과일을 핥고 있는 까망이를 들어 올려 안았다.

헥헥!

나이젤이 안아 올리자 까망이는 바로 얼굴을 핥아댔다.

"아, 그만. 오늘따라 왜 이렇게 어리광이야?"

나이젤은 까망이의 행동이 싫진 않았지만, 지금은 무덤 입구를 찾는 게 선결과제였다.

왕.

그때 까망이는 나이젤의 품 안에서 한 번 작게 짖더니 다리를 박찼다.

그리고 지면에 내려서더니 몸을 부르르 떨었다.

[당신의 소환수 까망이가 고유 능력, 그림자 분신(D)을 시전합니다.]

파바바밧!

눈 깜짝할 사이에 귀여운 까망이들이 늘어났다.

이윽고 까망이의 분신들은 사방으로 튀어 나갔다.

"무덤 입구를 찾아주려는 거야?"

왕.

나이젤의 말에 까망이는 꼬리를 흔들며 고개를 끄덕거렸다.

"내가 진짜 너 없으면 어떻게 살겠냐?"

나이젤은 다시 까망이를 품에 안았다. 살기 힘든 이 세상에서 귀여운 까망이는 존재 자체만으로도 힐링이 되었다.

삐.

그리고 나이젤 옆에 있던 알파도 질 수 없다는 얼굴로 부리를 비벼왔다.

"그래, 그래. 너도."

나이젤은 까망이의 머리를 쓰다듬으며 알파의 옆구리에 몸을 기댔다.

그렇게 잠시 몸을 기대며 휴식을 취한 지 얼마 후.

[까망이의 분신들이 5성 히든 던전 섀도우 울프킹의 무덤 입구를 발견했습니다!]

나이젤의 시야에 시스템 메시지가 떠올랐다.

*   *   *

"이런 곳에 숨겨져 있었다고?"

나이젤은 기가 막힌 표정을 지었다.

게임 화면으로만 보다가 실제로 찾아보니 예상보다 더 찾기 어려운 곳에 숨겨져 있었기 때문이다.

"까망이 덕분이네."

나이젤은 품에 안고 있는 까망이의 머리를 쓰다듬어 주었다.

그아아앙.

까망이는 기분 좋은 울음소리를 내며 나이젤을 올려다봤다.

그리고 마치 더 칭찬해 달라고 하는 눈빛을 보내왔다.

"던전 클리어하면 또 해줄게."

까망이를 어깨 위에 걸친 나이젤은 눈앞을 바라봤다.

쌍둥이 바위에서 좀 떨어진 장소.

수 미터나 되는 나무들이 빽빽하게 우거져 있고, 수풀들 또한 지면을 가득 메우다시피 펼쳐져 있었다.

그리고 지금 나이젤의 앞에 지하로 내려가는 철문이 존재했다.

바로 이 철문이 섀도우 울프킹의 무덤으로 들어가는 입구였다.

섀도우 울프킹의 무덤 입구는 흙으로 덮인 걸로도 모자라, 그 위에 수풀로 가려져 있었다.

그 때문에 까망이가 아니었으면 찾는 데 애를 먹었을 것이다.

'진짜 어떻게 찾아낸 건지.'

정말 까망이와 울프킹 무덤에 뭔가 서로 통하는 게 있는 것일까?

"그럼 들어가 볼까?"

이미 입구를 덮고 있던 수풀과 흙을 걷어낸 나이젤은 지하로 내려가는 문을 잡아당겼다.

그그긍.

[축하합니다! 당신은 4성 히든 던전 섀도우 울프킹의 무덤을 최초

로 발견했습니다! 명성이 400포인트 상승하고, 업적 칭호 '섀도우 울프킹의 무덤을 최초로 발견한 자'를 획득합니다.]

[보상으로 4,000전공 포인트를 지급합니다.]

[업적 칭호 '섀도우 울프킹의 무덤을 최초로 발견한 자'의 효과로 어둠 속성 몬스터에게 일반 공격으로도 피해를 줄 수 있게 됩니다.]

'좋아. 게임대로군'

눈앞에 떠오른 나이젤은 만족스러운 미소를 지었다.

트리플 킹덤 게임에서 울프킹 무덤을 발견했을 때처럼 업적 칭호가 생겼으니까.

그뿐만이 아니다. 지금까지 히든 던전을 발견해서 획득한 업적 칭호들은 보통 해당 던전에서만 효과가 발생되었다.

하지만 히든 던전 섀도우 울프킹의 무덤에서 획득한 업적 칭호는 다른 곳에서도 사용이 가능했다.

던전 등급이 4성이었으니까.

3성 이상일때부터 해당 히든 던전뿐만이 아니라 다른 장소에서도 업적 칭호 효과를 적용시킬 수 있었다.

'4성급 히든 던전이라.'

나이젤이 섀도우 울프킹의 무덤에 오지 않았던 이유는 오는 것도 힘들지만 던전 등급 또한 높았기 때문이다.

기본 무력 40 이상의 어둠 속성 몬스터가 떼거지로 나오며, 보스 몬스터의 무력은 약 70대 초반 정도 되었다.

그리고 가장 큰 문제는 모든 몬스터들이 어둠 속성이기 때문에 일반 물리 공격은 통하지 않는다는 사실이었다.

하지만 나이젤은 새도우 울프킹의 무덤에서 얻을 수 있는 업적 칭호 효과로 어둠 속성 몬스터들을 공격할 수 있다는 사실을 알고 있었다.

또한, 설령 울프킹의 무덤에서 업적 칭호를 얻지 못하더라도 지금의 나이젤에게는 어둠 속성 몬스터들을 공격할 수 있는 여러 수단을 가지고 있었다.

괜히 업그레이드 비용이 3배나 비싼 무공 스킬을 배운 게 아니었으니까.

그렇기에 지금이라면 확실히 도전해 볼 만하다고 판단이 섰던 것이다.

그리고 이곳에는 나이젤 혼자 있지 않았다.

귀여운 까망이와 4성급 보스인 든든한 알파도 있으니 말이다.

그러니 충분히 공략할 수 있을 터.

"가자."

나이젤은 무덤으로 들어가는 지하 계단을 향해 발걸음을 옮기기 시작했다.

*　　　　*　　　　*

4성 히든 던전,

새도우 울프킹의 무덤.

이 히든 던전에서 등장하는 몬스터들은 전부 어둠 속성이다.

형체가 없는 고스트 같은 몬스터들이기에 물리 공격은 통하지 않는다.

마법이나, 혹은 마력을 이용한 공격만이 피해를 줄 수 있었다.

하지만 나이젤에게는 상관이 없었다. 무력이 80을 넘었으니까.

그 덕분에 마력을 이용한 오러를 구현할 수 있었기에 대미지를 주는 게 가능했다.

"좀 어두운데?"

무덤 안으로 내려온 나이젤은 전방을 바라봤다.

울프킹의 무덤은 지하 복도 같은 통로로 이루어진 거대한 미로 던전이었다.

성가신 점은 불빛이 하나도 없다는 점 정도.

어두운 복도가 끝도 없이 이어져 아무것도 보이지 않았다.

그나마 다행인 점은 복도 크기가 상당히 넓어서 움직이는 데 불편함이 없었다. 너비가 5미터, 높이도 5미터 정도 되었으니까.

그리고 나이젤에게 어둠은 문제가 되지 않았다.

[용안을 발동합니다.]

나이젤의 홍채가 파충류처럼 세로로 변하며 한 치 앞도 보이지 않던 어두운 복도 내부가 보이기 시작했다.

[섀도우 울프.]

[등급] 4성 일반.

[능력치]

무력: 43. 통솔: 45.

지력: 41. 마력: 42.

[특기] 할퀴기(C), 물기(C), 그림자화(C).

'이놈들 봐라?'

나이젤은 입꼬리를 치켜올렸다.

어두운 복도 저 너머에서 이쪽을 바라보며 조용히 숨죽이고 있는 한 무리의 섀도우 울프들이 보였기 때문이다.

그림자화 한 섀도우 울프들은 조용히 바닥에 엎드려 있었다.

분명 먹잇감이 충분히 다가왔을 때 덮칠 생각이겠지.

그놈들을 확인한 나이젤은 악의가 어린 미소를 지으며 천천히 발걸음을 옮겼다.

터벅터벅.

천천히 복도 안으로 진입하는 나이젤의 발소리가 유난히 크게 울려 퍼졌다.

삐이.

쿵쿵.

그 뒤를 이어 따라오는 그리폰 알파의 발소리는 훨씬 더 컸다.

하지만 그럼에도 섀도우 울프들은 미동도 하지 않았다.

섀도우 울프들의 공격 패턴은 암살자들과 동일하다.

소리 없이 다가와 등 뒤에서 기습을 해온다.

하지만.

'게임과 같은 패턴에 당할 수 없지.'

이미 나이젤은 섀도우 울프들의 공격 패턴을 알고 있었다.

트리플 킹덤 게임에서 울프킹의 무덤을 공략한 적이 있었으니까.

거기다 지금은 에픽 미션 불가능 난이도인 상황.

만일의 사태에 대비하기 위해서 용안을 발동시키며 주변을 살펴보고 있는 중이었다.

또한, 나이젤에게는 섀도우 울프들을 공격할 다양한 공격 패턴이 있었다.

아무것도 모르는 것처럼 어두운 복도를 걸으며 나이젤은 허리에 찬 아다만트에 손을 가져다 댔다.

그리고 어느 정도 섀도우 울프 무리와 가까워진 순간.

번쩍!

검집에서 뽑혀 나온 아다만트에서 눈부신 섬광이 터져 나왔다.

무상검법 이식, 섬광 베기였다.

크아아아아!

갑작스럽게 터져 나온 섬광 앞에 섀도우 울프들은 괴성을 지르며 물러났다. 섀도우 울프들의 천적은 다름 아닌 빛이었으니까.

하얀 섬광 속에서 나이젤은 빠르게 섀도우 울프들을 향해 달려들었다.

섀도우 울프들의 약점 중 하나.

그림자로 몸을 감싸고 있는 섀도우 울프들은 움직임이 은밀해지고 물리 공격에 면역을 가지게 된다.

하지만 빛에 노출되면 몸을 감싸고 있는 그림자가 제거되면서 실체가 노출되며, 물리 공격 면역이 사라진다.

또한, 그림자가 사라진 만큼 방어력이 낮아진다.

무상검법(無上劍法).

이식(二式), 섬광 베기(殲光斬)!

다시 한번 아다만트가 하얀 궤적을 남기며 휘둘러졌다.

크아아앙!

섀도우 울프들은 하얀 섬광을 발하는 아다만트에게 베여 소멸되어 갔다.

어두운 복도 속에서 하얀빛이 터져 나올 때마다 섀도우 울프들의 비명과도 같은 괴성이 터지며 사라져 갔다.

[축하합니다! 4성 일반 몬스터 섀도우 울프를 처리하였습니다. 보상으로 400전공 포인트를 획득합니다.]

눈 깜짝할 사이에 나이젤은 다섯 마리나 되는 섀도우 울프들을 처리했다.

'첫 시작은 나쁘지 않은데?'

예상보다 섀도우 울프들의 저항이 약했다.

아무래도 섬광 베기와 상성이 너무 안 좋았던 모양.

이러면 생각보다 빨리 무덤을 클리어할 수 있을 것 같았다.

나이젤은 어두운 복도 너머를 가만히 응시했다.

크아아.

그러자 저 너머에서 섀도우 늑대들의 울음소리가 메아리쳐 들려왔다. 방금 전, 전투로 인해 섀도우 늑대 무리들이 몰려오고 있는 모양이었다.

울프킹 무덤의 지하 복도는 일방통행. 오로지 전진해 나가야 한다.

"늑대들 따위 내 상대가 아니⋯⋯."

순간, 나이젤은 흠칫 놀란 표정을 지었다.

쿵쿵쿵쿵!

갑자기 지하 복도를 뒤흔들면서 무언가가 달려오는 소리가 들려왔기 때문이다.

하지만 후방에는 아무것도 없었고, 전방에서도 달려오고 있는 건 섀도우 울프들밖에 없었다.

아무리 섀도우 울프들의 숫자가 열 마리 정도 된다고 해도 튼튼한 지하 복도를 흔들 정도는 아니었다.

'어디지?'

나이젤은 전방을 경계하며 달려오는 소리에 집중했다.

하지만 지하 복도 전체를 울리고 있는 소리라 위치 판독이 어려웠다.

하지만 그것도 잠시.

"알파, 피해!

삐이!

갑작스러운 나이젤의 외침에 알파는 화들짝 날개를 펼치며 펄쩍 뛰어올랐다.

그 순간.

콰아아아앙!

나이젤의 뒤쪽, 알파가 있던 위치에서 오른쪽 벽이 굉음과 함께 터져 나갔다.

다행히 나이젤의 외침을 듣고 피한 덕분에 알파는 피해를 입지 않았다. 그리고 나이젤은 눈앞에 등장한 존재를 바라보며 놀란 표정을 지었다.

"아니, 네가 왜 여기서 나와?"

나이젤은 어처구니가 없는 표정으로 오른쪽 벽을 뚫고 나타난 존재를 바라봤다.

4성 중간 보스.

섀도우 미노타우로스.

4성 미궁 던전 라비린스의 보스 몬스터가 왜 이런 곳에 나타난단 말인가?

트리플 킹덤 PK2 버전에서는 없었던 일이었다.

아마 PK3 버전이라는 사실과, 불가능 난이도라서 중간 보스 한 마리가 추가된 모양.

'생긴 건, 뭐 비슷하긴 한데.'

나이젤은 눈앞에 나타난 섀도우 미노타우로스를 바라봤다.

생김새나 크기는 트리플 킹덤 게임에서 봤던 4성 미궁 던전 라비린스의 보스 미노타우로스와 흡사했으며, 대형 양날 도끼를 들고 있는 것도 똑같았다.

물론 흡사한 건 겉모습뿐만이 아니었다.

[섀도우 미노타우로스.]

[등급] 4성 중간 보스.

[밸런스] 파워.

[능력치]

무력: 75. 통솔: 71.

지력: 68. 마력: 65.

[특기] 그림자화(C), 재생(C), 괴력(C), 강철 피부(C), 강격(C), 광포화(C).

"능력도 4성급이네."

나이젤은 눈살을 찌푸렸다.

능력치와 특기도 확실히 보스급이었다. 아니, 특기만큼은 라비린스의 미노타우로스보다 조금 더 좋았다.

그나마 다행인 점은 카오스 보스가 아니었기에 무력이 80대가 아닌 70대 중반 정도였다.

그리고 한 가지 다른 점이 있긴 있었다. 섀도우 울프들처럼 전신이 그림자로 감싸여 있었던 것이다.

마치 흐릿한 어둠이 몸을 감싸고 있는 모습이었으며, 그 때문에 어둠 속에서 붉은 두 눈만이 섬뜩하게 빛나고 있었다.

크워어어어어!

이윽고 섀도우 미노타우로스는 길게 포효했다.

크아아앙!

전방에는 섀도우 울프들이, 후방에는 4성 중간 보스 섀도우 미노타우로스가.

그야말로 진퇴양난의 상황.

"알파."

삐.

나이젤의 나직한 부름에 알파가 돌아봤다.

"시간 좀 벌어줘."

삐이!

나이젤의 말에 알파는 날개를 활짝 펼치며 섀도우 미노타우로스를 날카롭게 노려봤다.

알파 또한 4성 보스급 능력을 가진 환수, 그리폰이었다.

적어도 나이젤이 전방에서 달려오는 섀도우 울프들을 처리할 동안, 섀도우 미노타우로스 상대로 시간 정도는 벌 수 있을 터.

알파에게 섀도우 미노타우로스를 맡긴 나이젤은 다시 전방을 주시했다.

그림자로 감싸여 있는 섀도우 울프 스무 마리가 바로 근처까지 다가와 있었다.

크르릉! 컹컹!

얼마 지나지 않아 바로 눈앞까지 다가온 섀도우 울프 세 마리가 정면에서 동시에 나이젤을 향해 점프를 하며 달려들었다.

어둠 속에서 자신들의 모습을 보지 못한다고 생각한 모양.

설령 본다고 해도 그림자로 감싸여 있었기에 흐릿하게 보이는 데다가 물리 공격으로는 피해를 입힐 수 없을 터.

적어도 섀도우 울프들은 그렇게 생각했다.

납검해 있는 나이젤의 장검이 뽑히기 전까지는.

무상검법(無上劍法).

영식(零式) 개(改).

발검(拔劍) 무명베기(無明斬)!

슈아아악!

지금까지 수도 없이 뽑아온 나이젤의 아다만트가 깔끔하게 검집에서 빠져나오며 전방을 향해 휘둘러졌다.

어둠 속에서 달려드는 섀도우 울프 세 마리를 향해 검은 궤적이 일직선으로 뻗어 나갔다.

서걱! 서걱! 서걱!

단, 일 검에 섀도우 울프들의 머리가 나가떨어졌다.

나이젤이 아다만트에 마력을 불어 넣어 오러를 발현시켰기 때문이다.

크헝? 컹컹?

갑작스럽게 동료 세 마리의 머리가 허공을 날자 뒤따라 달려들던 섀도우 울프들이 놀란 표정을 지으며 멈칫거렸다.

어둠 속에서 빛나는 붉은 눈들에 놀라움이 스쳐 지나갔다.

그리고 슬금슬금 뒷걸음질을 치며 상황 파악을 하려고 했다.

그런 섀도우 울프들의 움직임을 따라 나이젤은 시선을 보냈다.

"어둠 속에서 볼 수 있는 건 네놈들뿐이 아니지."

나이젤은 입꼬리를 치켜올렸다.

그 역시 용의 눈 덕분에 어둠 속에서도 섀도우 울프들을 바라볼 수 있으며, 그리폰인 알파도 마찬가지였다. 머리가 독수리였기에 밤눈이 굉장히 좋으니까.

무상신법(無上迅法).

보법(步法), 유운보(流雲步).

나이젤은 무상신법 첫 번째 걸음 유운보를 펼치며 섀도우 울프 무리를 향해 달려들었다.

컹컹!

그러자 섀도우 울프들이 산발적으로 나이젤을 향해 몸을 날렸다.

하지만 흐르는 구름처럼 부드럽게 움직이며 나이젤은 섀도우 울프들의 공격을 종이 한 장 차이로 피해냈다.

그리고 그들의 중심까지 이동한 나이젤은 지면에 아다만트를 꽂아 넣었다.

번쩍!

순간 아다만트에서 하얀 섬광이 터져 나왔다. 무상검법 이식, 섬광 베기의 응용이었다.

덕분에 그림자로 감싸여 있던 섀도우 울프들의 모습이 드러났다.

켕! 깨갱!

그뿐만이 아니라 갑작스러운 강렬한 빛에 눈이 멀어버린 섀도우 울프들은 고통스러운 울음을 토해냈다.

굳이 섬광을 터뜨리지 않고도 오러나, 업적 칭호 효과로 피해를 줄 수 있지만 이런 식으로 공격하는 게 훨씬 더 효율적이었다.

몸을 감싼 그림자가 사라진 놈들을 단숨에 전부 썰어버리면 되니까.

하얀 섬광이 명멸하는 아다만트를 치켜든 나이젤이 검무를 췄다. 아다만트가 하얀 빛의 궤적을 남길 때마다 섀도우 울프들의 비명 소리가 울려 퍼졌다.

나이젤과 상성이 매우 좋지 않은 데다가 무력이 40 초반밖에 되지 않는 섀도우 울프들은 그저 속수무책으로 당할 수밖에 없었다.

잠시 후, 약 스무 마리의 섀도우 울프들이 전부 차가운 지하 복도 바닥 위로 쓰러졌다.

남은 건, 섀도우 미노타우로스뿐.

나이젤은 알파와 섀도우 미노타우로스를 향해 몸을 돌렸다.

콰콰콰콰쾅!

"……."

그리고 놀란 표정으로 눈앞을 바라봤다.

왜냐하면 지금 눈앞에 괴수 혈전이나 다름이 없는 전투가 펼쳐지고 있었으니까.

섀도우 미노타우로스가 대형 양날 도끼를 휘두를 때마다 알파는 덩치와 다르게 민첩하게 움직이며 공격을 피해냈다. 특기 중 하나인 고속 이동(C) 덕분이었다.

그 때문에 빗나간 대형 양날 도끼가 지하 복도를 박살을 내놓고 있었다.

그 모습에 나이젤은 질린 표정을 지었다.

"거, 살살 좀 내려치지. 무너지면 어쩌려고."

확실히 울프킹의 무덤은 복도 같은 지하 동굴로 이루어져 있었기에 큰 충격을 가하면 무너질 위험성이 충분히 있었다.

하지만 나이젤의 걱정과는 달리 지하 복도 통로는 튼튼했다.

섀도우 미노타우로스가 대형 양날 도끼를 들고 날뛰고 있음에도 무너질 기색을 보이지 않고 있었으니까.

단지, 대형 양날 도끼가 내려쳐진 부분들이 완전히 박살이 났을 뿐.

처음 섀도우 미노타우로스가 벽을 뚫고 나온 구멍 외에도 크고 작은 구멍과 크레이터들이 지하 복도 사방에 생겨나 있었다.

삐익!

그때 섀도우 미노타우로스와 드잡이질을 하던 알파가 뒤로 살짝 물러서며 포효했다.

그러자 알파 주위로 녹색 바람이 생성되는 게 아닌가?

스아아악!

이윽고 알파가 마력으로 만들어낸 녹풍의 칼날들이 섀도우 미노타우로스를 향해 날아들었다.

특기 중 하나인 윈드 커터(C)였다.

크워어어어어!

순간 섀도우 미노타우로스는 괴성을 지르며 붉은빛을 흘리기 시작하는 대형 양날 도끼를 치켜들었다.

후웅!

이윽고 어두운 복도에 붉은 궤적을 남기며 대형 양날 도끼가 휘둘러졌다.

섀도우 미노타우로스의 특기 중 하나인 강격이었다.

그 일격에 알파가 내쏜 바람의 칼날들이 갈라지며 조각난 상태로 섀도우 미노타우로스를 덮쳤다.

'좋아!'

나이젤은 주먹을 움켜쥐었다.

비록 바람의 칼날들이 조각나긴 했지만, 그것만으로도 충분히 섀도우 미노타우로스에게 대미지를 입힐 수 있을 테니까.

하지만 섀도우 미노타우로스의 옆구리와 부딪친 칼날들은 날카로운 금속성 마찰음만 내고 사라졌다.

'저게 강철 피부인 건가?'

나이젤은 혀를 찼다.

설마 알파의 윈드 커터를 이런 식으로 무효화시켜 버릴 줄이야.

섀도우 미노타우로스의 특기 중 하나인 강철 피부는 정말 말 그대로인 모양이었다.

무상신법(無上迅法).

보법(步法), 전광석화(電光石火)!

윈드 커터가 사라지는 모습을 본 나이젤은 빠르게 알파와 섀도우 미노타우로스 사이로 달려들었다.

어둠을 가르는 한 줄기 뇌전처럼 그들 사이에 끼어든 나이젤은 섀도우 미노타우로스를 향해 섬광 베기를 날렸다.

번쩍!

크워어어어어!

갑작스러운 강렬한 빛에 섀도우 미노타우로스는 괴성을 지르며 뒤로 물러났다.

그와 동시에 섀도우 미노타우로스의 몸을 감싸던 그림자가 사라졌다.

캉! 캉! 캉!

아다만트에서 하얀빛이 명멸하며 섀도우 미노타우로스를 향해 검격이 날아들었다.

하지만 그래도 중간 보스인지 대형 양날 도끼로 일부 검격은 막아냈으며, 막지 못한 건 몸으로 때웠다.

'성가신데.'

섀도우 미노타우로스의 특기 중 하나인 강철 피부는 방어력을 극단적으로 올려준다.

거의 강철 갑주와 같은 수준이었다.

큭큭큭.

어디 그뿐인가?

섀도우 미노타우로스는 나이젤이 그림자를 날려 버리고 공격을 해도 피해를 거의 입지 않자 비웃음을 흘렸다.

"소 대가리 주제에 웃어?"

샤도우 미노타우로스는 수소의 머리와 3미터에 달하는 인간의 몸을 가진 4성급 중간 보스였다.

그리고 자기 몸이 좀 튼튼하다고 자신을 비웃는 샤도우 미노타우로스의 행동에 나이젤은 기가 막힌 표정을 지었다.

"이래도 웃나 보자."

[세컨드 어빌리티, 디스트럭션 임팩트 50% 한정 기동 승인!]

우우우웅!

나이젤의 아다만타이트 건틀렛에서 충격파가 맥동 치듯 파문이 흘러나왔다.

크워?

그 모습을 본 샤도우 미노타우로스가 흠칫 놀란 표정을 지었다.

심상치 않은 기세를 느낀 것이다.

그리고 재빨리 전신의 기운을 끌어올리며 대형 양날 도끼를 휘두르려고 했다.

하지만 그보다 나이젤의 움직임이 더 빨랐다.

무상투법(無上鬪法).

사식(四式), 나선폭렬파(螺旋爆裂波)!

샤도우 미노타우로스의 아랫배를 향해 나이젤은 양 손바닥을 펼치며 앞으로 내밀었다.

그 순간.

투확! 콰아아아앙!

새도우 미노타우로스의 아랫배와 나이젤의 아다만타이트 건틀렛 사이에서 어마어마한 폭발과도 같은 충격파가 터져 나왔다.

상대의 방어구를 관통해서 피해를 입히는 디스트럭션 임팩트와 나선폭렬파가 서로 합쳐지면서 엄청난 시너지효과가 생겨난 것이다.

쾅! 쾅! 쾅!

그 일격에 새도우 미노타우로스는 비명도 지르지 못하고 지하 복도의 벽을 뚫으며 튕겨져 날아갔다.

울프킹의 무덤 또한 미궁 던전 라비린스처럼 미로로 이루어져 있는 구조였기에 벽 너머에 통로가 있었다.

그리고 새도우 미노타우로스는 그 통로의 벽까지 뚫고 나가떨어졌다.

덕분에 보스가 있는 곳까지 이어지는 최단기 루트가 생겨났다.

"그러게 깝죽거리질 말았어야지."

나이젤은 새도우 미노타우로스가 튕겨 나가면서 만들어놓은 벽의 구멍을 통과하며 주변을 살폈다.

다행히 벽 너머에는 다른 몬스터들의 기척이 없었다.

나이젤은 건너편 복도 벽에 등을 기대고 앉아 있는 새도우 미노타우로스를 향해 다가갔다.

아직 처치했다는 메시지가 떠오르지 않았다.

그 말은 아직 살아 있다는 뜻.

마무리를 가하기 위해 나이젤은 아다만트를 치켜들었다.

그 순간.

[경고! 4성 중간 보스 섀도우 미노타우로스의 생명력이 20% 이하가 되었습니다. 광포화(C)가 발동됩니다.]

"광포화라고?"

나이젤의 시야에 시스템 메시지가 떠올랐다.

광포화는 생명력이 일정 이하가 되었을 때 발동하는 버서커 스킬이었다.

섀도우 미노타우로스의 광포화는 그 효과로 신체 능력이 대폭 증가하나, 이성을 잃어버린다.

그 결과 주변에 있는 생명체들을 전부 없앨 때까지 멈추지 않고 무차별 공격을 하게 된다.

크워어어어어어!

이윽고 벽에 기대어 반쯤 쓰러져 있던 섀도우 미노타우로스가 괴성을 지르며 일어섰다.

이성을 유지했던 이전과 다르게 지금은 눈에서 광기에 가까운 붉은빛이 흘러나오고 있었고, 입에서는 침이 질질 흐르고 있었다.

그리고 나이젤을 향해 대형 양날 도끼를 높이 치켜들었다.

그림자가 제거된 전신의 근육에 힘줄이 튀어나와 있을 정도로 팽팽하게 당겨져 있는 모습이 보였다.

[4성 중간 보스 섀도우 미노타우로스가 괴력과 강격을 사용합니다.]

'이 거리에서 괴력과 강격을 동시에?'

나이젤은 의아한 표정을 지었다.

새도우 미노타우로스와 약 3미터 이상 떨어져 있는 상황.

이 거리에서 대형 양날 도끼를 휘둘러 봤자 자신에게 닿지 않는다.

그런데 왜?

"설마?"

한 박자 늦게 나이젤은 새도우 미노타우로스의 의도를 눈치챘다.

크어어어어!

쉬이이익!

그 직후, 포효와 함께 대형 양날 도끼가 날카로운 파공성을 내며 지면을 향해 격돌했다.

콰아아아아앙!

새도우 미노타우로스의 전방으로 어마어마한 충격파가 터져 나왔다.

치솟아 오르는 돌들과 충격파가 나이젤을 덮치기 직전,

크아앙!

나이젤의 그림자 속에서 만일의 사태에 대비하기 위해 대기 중이던 까망이가 움직였다.

[당신의 소환수 나이트 울프 까망이가 방어 스킬들을 시전합니다.]

눈 깜짝할 사이에 까망이는 전방에 새도우 실드를 생성하고, 이어서 새도우 배리어와 나이젤의 몸을 보호하기 위한 새도우 아머까지 연달아 펼쳤다.

덕분에 나이젤은 까망이의 보호 스킬에 감싸인 채 충격파 때문에 뒤로 조금 밀려나는 걸로 피해를 최소화시킬 수 있었다.

그그그궁!

다만 문제는 이성을 잃고 막무가내로 고유 특기들을 사용한 섀도우 미노타우로스 때문에 지하 복도가 뒤흔들리고 있다는 것.

"이 망할 소 대가리 놈이!"

현재 나이젤이 살고 있는 이 세계는 현실이다.

그렇기에 게임과 다르게 던전이라고 해도 지하에서 규모가 큰 기술을 쓰면 무너지지 말라는 법은 없었다.

그 때문에 나이젤은 지금껏 가급적 피해가 크지 않도록 충격파를 지하 바닥이나 벽에는 쓰지 않았다.

그래서 디스트럭션 임팩트와 나선폭렬파도 섀도우 미노타우로스에게 직접 공격했다.

그 결과 튕겨 나간 섀도우 미노타우로스가 복도에 구멍을 뚫긴 했지만 무너질 정도는 아니었다.

울프킹의 무덤은 나름 튼튼한 편이었으니까.

하지만 조금 전 섀도우 미노타우로스가 전력으로 지면을 내려치자 무덤 전체가 지진이라도 난 것처럼 흔들렸다.

이런 충격을 계속해서 주게 된다면 어떻게 될지 장담할 수 없었다.

'빨리 끝내야겠네.'

나이젤은 아다만트의 손잡이를 꽉 움켜잡으며 자세를 낮췄다.

더 이상 피해가 커지기 전에 섀도우 미노타우로스를 잡을 생각이었다.

크워어어어어어!

그때 이성을 잃은 섀도우 미노타우로스가 지하 복도 공기를 떨리게 만들 정도로 큰 포효성을 내질렀다.

이성은 잃었어도, 광포화로 인한 분노와 전투로 인한 흥분이 전신을 고양시키고 있었으니까.

그 앞에 아다만트를 납검한 나이젤이 나타났다.

무상신법 세 번째 걸음, 전광석화로 뇌전처럼 날아온 것이다.

무상검법(無上劍法).

영식(零式) 개(改).

발검(拔劍) 무명베기(無明斬).

이윽고 아다만트가 뽑혀 나오면서 검은 궤적을 남기며 섀도우 미노타우로스를 향해 쇄도했다.

까앙!

섀도우 미노타우로스의 옆구리에 아다만트가 꽂혀 들어가면서 날카로운 쇳소리가 났다.

현재 섀도우 미노타우로스는 광포화를 하면서 능력치와 특기가 강화되어 있는 상태였다.

당연히 강철 피부 또한 이전보다 더 강해져 있는 상황.

핏! 피핏!

크어어어!

순간 섀도우 미노타우로스는 고통에 찬 괴성을 질렀다.

아무리 몸을 강철 피부로 단단하게 만들었어도, 조금 전 나이젤의 일격에는 오러가 발현되어 있었다.

나이젤이 가진 오러의 색상은 금빛.

하지만 무명베기는 오러의 색상마저 검은빛으로 바꿔 버리고, 섬광베기는 하얀빛으로 집어삼켜 버린다.

그 때문에 검을 휘두를 때 나이젤이 오러를 사용했는지 혹은 하지 않았는지 적에게 숨길 수 있다는 장점이 있었다.

그리고 지금 나이젤은 아다만트의 표면에 오러를 입힌 채로 무명베기를 시전했다. 그 덕분에 섀도우 미노타우로스의 옆구리에 상처를 낼 수 있었던 것이다.

스스슥.

하지만 섀도우 미노타우로스의 재생 특기 때문에 이내 상처는 아물었다.

깡! 까강!

하지만 나이젤의 공격은 이제 시작되었을 뿐이었다.

발검을 시작으로 나이젤은 아다만트를 쉴 틈도 없이 휘둘러 댔다.

크워어어어!

콰앙!

그 앞에서 섀도우 미노타우로스는 자신의 몸을 돌보지 않고 무작정 대형 양날 도끼를 휘둘러 댔다. 하지만 그런 눈먼 공격에 당할 정도로 나이젤은 호락호락하지 않았다.

유운보를 펼치며, 상대의 공격을 부드럽게 흘리듯이 피하면서 허점을 노려 계속 아다만트를 휘둘렀으니까.

깡! 쩌적! 스스슷!

나이젤의 공격에 섀도우 미노타우로스의 강철 피부에 상처가 늘어갔다. 재생 속도가 따라잡기 힘들 정도로.

그리고 무엇보다 대형 양날 도끼 또한 점점 너덜너덜해져 가고 있었다. 무기에는 재생 능력이 없으니 말이다.

까앙!

콰직!

은은하게 금빛 오러가 흘러나오는 아다만트와 대형 양날 도끼가 맞부딪치면서 무언가 부서지는 소리가 났다.

'좋아!'

나이젤은 작은 미소를 지었다.

드디어 대형 양날 도끼날에 금이 가면서 일부가 부서진 것이다.

나이젤은 정면으로 섀도우 미노타우로스를 향해 달려들며 지면을 박찼다.

어둠 속에서 아다만트의 금빛 오러가 점점 더 강렬한 빛을 띠었다.

섀도우 미노타우로스의 머리 높이까지 뛰어오른 나이젤은 아다만트를 치켜올렸다.

무상검법(無上劍法).

삼식(三式), 공간베기(空間斬)!

번쩍!

이윽고 아다만트를 감쌀 정도로 극대화된 금빛 오러 블레이드가 섀도우 미노타우로스를 향해 내려쳐졌다.

Chapter

3

스아아악!

아다만트에서 형성된 대검과도 같은 금빛 칼날이 섀도우 미노타우로스의 왼쪽 목에서부터 오른쪽 옆구리까지 사선으로 베었다.

크, 크어어어억!

아무리 강철 피부가 단단하다고 해도 공간베기를 막을 수 없었다.

무상검법 세 번째 초식, 공간베기는 나이젤이 가진 금빛 오러를 극대화시켜 공격하는 기술이다.

그 덕분에 소드 마스터급은 되어야 사용이 가능해지는 오러 블레이드를 흉내로나마 구현시킬 수 있었다.

물론 위력은 소드 마스터의 완전한 오러 블레이드에 비할 바는 아니었다.

'문제는 마나를 무지막지하게 잡아먹는다는 거지만.'

그래서 연달아 쓸 수 있는 초식은 아니었다.

나이젤은 바닥에 쓰러져 있는 섀도우 미노타우로스를 내려다 봤다.

공간베기가 지나간 자리에 큰 상처가 생겨나 있었다.

재생 능력으로 상처를 수복 중이었지만 의미가 없었다.

사선으로 두 조각이 되었을 정도로 깊게 파여 있었으니까.

"이제 끝내주마."

나이젤은 아다만트의 검 끝을 섀도우 미노타우로스의 목 아래에 가져다 댔다.

이 상태로 찌르기만 하면 끝난다.

남은 건, 섀도우 미노타우로스를 처치하고 보상을 받는 것뿐.

그런데.

스스스스슥!

돌연 급작스럽게 섀도우 미노타우로스의 몸이 그림자로 뒤덮이는 게 아닌가?

"뭐야, 이거?"

나이젤은 반사적으로 아다만트를 내질렀다.

하지만 그 전에 이미 섀도우 미노타우로스의 몸은 그림자로 뒤덮였다.

예상치 못한 상황이었기에 나이젤의 판단이 0.5초 정도 느렸기 때문이다.

콱!

그리고 아다만트는 애꿎은 지하 복도 바닥만 찔렀다.

그림자화 한 섀도우 미노타우로스가 아다만트를 피했으니까.

마치 살아 있는 생명체처럼 아다만트가 내지른 부분만 동그랗게 구멍을 내며 피한 것이다.

그뿐만이 아니라 그림자화 한 섀도우 미노타우로스는 지하 바닥 속으로 사라졌다.

"……."

그 모습을 나이젤은 멍한 표정으로 바라봤다.

'내 막타!'

"어떤 놈이냐!"

나이젤은 이내 눈살을 찌푸리며 주변을 둘러봤다.

섀도우 미노타우로스에게 막타를 치기 직전, 누군가가 그림자화 시켜서 뒤로 빼돌렸기 때문이다.

그렇다면 근처에 범인이 있을 터!

나이젤은 눈을 감고 전신의 감각에 집중했다.

상대가 누군지는 모르겠지만 적어도 은신 능력 하나만큼은 특출나 보였다.

용마지체가 되고나서 오감이 향상된 나이젤, 그리폰인 알파, 나이트 울프인 까망이의 감각을 속이고 섀도우 미노타우로스를 빼돌릴 정도였으니까.

하지만 전신의 감각에만 집중하고 있는 나이젤을 속일 수는 없었다.

"거기냐!"

얼마 지나지 않아 나이젤의 감각에 무언가가 감지되었다

감지는 어렵지 않았다.

섀도우 미노타우로스를 그림자화 한 후 상대는 자리를 피하지 않았으니까.

번쩍!

나이젤은 바로 무상신법 세 번째 걸음, 전광석화를 발동했다.

어둠을 가르는 한 줄기 금빛 뇌전처럼 나이젤은 지하 복도를 지그재그로 가로질렀다.

그리고 아무것도 없는 허공을 향해 아다만트를 휘둘렀다.

무상검법(無上劍法).

이식(二式), 섬광베기(殲光斬).

번쩍!

카앙!

눈부신 하얀 섬광과 함께 휘둘러진 아다만트가 날카로운 쇳소리를 내며 멈췄다.

스스슥.

그리고 하얀 섬광에 의해 그림자 속에 은신해 있던 존재가 모습을 드러냈다.

[섀도우 울프킹의 그림자 분신.]

[등급] 4성 히든 보스.

[타입] 스피드.

[능력치]

무력: 78. 통솔: 74.

지력: 71. 마력: 72.

[특기] 폭주(B), 그림자 은신술(C), 그림자 이동술(C), 그림자 단검술(C), 그림자 방어술(C).

"아니, 넌 또 왜 여기 있어?"

나이젤은 기가 막힌 표정을 지었다.

보스 방에서 얌전히 기다리고 있어야 할 던전 보스가 눈앞에 있었기 때문이다.

아무래도 섀도우 미노타우로스와 전투를 벌이는 동안 나온 모양.

'보스는 게임대로이긴 한데.'

다행히 보스는 트리플 킹덤 게임과 똑같이 울프킹의 능력을 복제한 그림자 분신이었다.

게임에서는 무덤을 지키기 위해 울프킹이 자신의 능력을 카피한 그림자 분신체를 남겨두었다는 설정으로 나온다.

하지만 어디까지나 카피였기에 능력적인 면에서는 생전의 울프킹보다 한참 아래였다.

전성기 시절의 울프킹은 섀도우 마스터로 불리기도 했으니까.

그리고 마스터라는 말대로 울프킹은 무력이 최소 90이 넘는 강자였으며, 그랬기에 제국의 밤을 지배할 수 있었다.

'그런데 이놈이 왜 여기서 나오지?'

본래라면 보스 방에 있어야 할 울프킹의 분신체가 바깥에 나와 있을 줄이야.

확실히 게임과 다르게 이 세계는 변수가 너무 많았다.

스스스슷!

그리고 하얀 섬광에 모습을 잠시 드러냈던 울프킹 분신은 이내 그림자로 뒤덮이며 시야에서 사라졌다.

그림자 은신술을 사용한 것이다.

모습도, 기척도, 기운까지도 감춰 버리는 울프킹의 전매특허와도 같은 기술.

"어딜 숨으려고!"

나이젤은 재차 섬광베기를 시전했다.

번쩍!

화려하게 터져 나오는 하얀빛 속에서 그림자 은신술로 숨어 있던 울프킹 분신이 모습을 다시 드러냈다.

나이젤과 불과 2미터도 떨어져 있지 않은 거리였다.

"거기냐!"

나이젤은 재빨리 울프킹 분신을 향해 달려들었다.

그사이 아다만트는 왼손 역수로 쥐었고, 다리는 진각을 밟았다.

그리고 그대로 오른손을 내뻗었다.

무상투법(無上鬪法).

일식(一式), 파쇄붕권(破碎崩拳)!

그림자가 희끗희끗 드러난 울프킹 분신의 명치에 나이젤의 건틀렛이 꽂혀 들어갔다.

콰장창!

하지만 울프킹 분신 앞에는 그림자로 이루어진 방패가 생겨나 있었다.

그림자 방어술 중 하나였다.

그리고 그림자 방패는 파쇄붕권 앞에 유리처럼 깨져 나갔다.

그것을 본 나이젤은 다음 공격을 날렸다.

무상검법(無上劍法).

일식(一式), 무명베기(無明斬).

스아아악!

역수로 쥔 아다만트가 검은 궤적을 남기며 울프킹 분신을 향해 날아들었다.

스팟!

울프킹 분신은 믿어지지 않을 속도로 뒤로 물러났다.

'그림자 이동술인가?'

순간적으로 뒤로 물러나며 무명베기를 피하는 울프킹 분신의 행동에 나이젤은 눈살을 찌푸렸다.

하지만 지금 주도권은 나이젤이 잡고 있는 상황.

나이젤은 좌에서 우로 무명베기를 시전하면서 생긴 회전력을 이용하여 뒤로 물러난 울프킹 분신에게 달려들어 왼발로 회전 돌려차기를 날렸다.

무상투법(無上鬪法).

이식(二式), 무상선풍퇴(無上風腿)!

빠악!

강철 부츠를 신고 있는 나이젤의 왼발이 울프킹 분신의 오른쪽 관자놀이에 정통으로 들어갔다.

그 때문에 울프킹 분신의 상체가 무너지면서 지면에 반쯤 쓰러졌다.

그 사이 지면에 착지한 나이젤은 고개를 들며 울프킹 분신을 노려봤다.

방금 전 공격으로 대미지를 입혔지만 쓰러뜨리기에는 아직 부족했다.

뚜둑. 뚜둑.

지면에 쓰러졌다가 다시 일어난 울프킹 분신은 목을 풀며 나이젤을 노려보고 있었다.

전신이 그림자로 뒤덮여 있어서 얼굴 표정은 볼 수 없었지만 꽤 열이 받은 모양이었다.

스르륵.

울프킹 분신의 양손에서 그림자로 이루어진 단검이 생겨났으니까.

그리고 어두운 그림자 속에서 붉은 눈이 섬뜩하게 빛났다.

"그래, 해보자는 거지?"

나이젤은 아다만트를 치켜들며 웃어 보였다.

그렇게 그들은 잠시 서로를 노려봤다.

잠시 후,

채채채챙!

섀도우 울프킹 무덤의 지하 복도에서 쉴 새 없이 검이 맞부딪치는 소리가 울려 퍼졌다.

*　　　　　*　　　　　*

섀도우 울프킹 무덤의 보스는 상대하기 까다로웠다.

그림자로 모습을 숨기는 데다가, 스피드 타입으로 몸놀림이 굉장히 민첩했으니까.

거기다 4성 히든 보스 울프킹의 분신과 조우했을 때, 나이젤은 섀도우 미노타우로스와 한바탕하느라 살짝 지쳐 있던 상태였다.

그 탓에 울프킹의 분신을 잡는 데 시간이 좀 걸렸다.

하지만 그것도 이제 머지않았다.

서로 맞부딪치며 공수를 주고받는 동안 꽤 피해를 축적시켜 놓았으니까.

특히 나이젤은 빠르게 움직이는 울프킹 분신의 다리를 집중적으로 공격했다.

그 결과 울프킹 분신은 상당히 지친 상태인 데다가, 다리에 부상까지 입은 상황이었다.

이제 끝내야 할 때였다.

[세컨드 어빌리티, 디스트럭션 임팩트 50% 한정 기동 승인합니다.]

우우우우웅!

상대의 방어를 뚫고 내부에 직접 충격파 피해를 입힐 수 있는 디스트럭션 임팩트가 아다만트에서 흘러나왔다.

물론 나이젤은 언제나처럼 육체 강화 스킬과, 까망이의 섀도우 아머로 전신을 강화시키고 보호했다.

그리고 위협적인 충격파가 흘러나오고 있는 아다만트를 꽉 움켜쥐며 자세를 낮췄다.

"이제 끝내자."

순간 아다만트에서 금빛 오러가 디스트럭션 임팩트와 함께 터져 나왔다.

그 덕분에 아다만트에서 흘러나오고 있는 충격파가 황금빛으로 물들며 주변을 환하게 밝혔다.

가시적으로 보이기 시작한 황금빛 충격파는 아름다운 예술 작품이나 다름없었다.

잠시 후, 나이젤은 아름다운 황금빛 충격파가 흘러나오는 아다만트를 휘둘렀다.

무상검법(無上劍法).

삼식(三式), 공간베기(空間斬)!

이윽고 황금빛 충격파는 날카로운 금빛 칼날이 되어 쏘아졌다.

샤아아아악!

아다만트에서 쏘아진 금빛 칼날은 울프킹 분신이, 자신과 나이젤의 중간쯤에 미리 생성해 놓았던 그림자 방패들을 허무할 정도로 쉽게 갈라 버렸다.

이제 남은 건 울프킹 분신뿐.

피하기에는 이미 늦은 상황이었다.

하지만 이 순간, 울프킹 분신은 최후의 수단을 썼다.

울프킹 분신 앞에 그림자화 한 무언가가 모습을 드러내기 시작했던 것이다.

그리고 그 모습을 확인한 나이젤은 놀란 표정을 지었다.

"아니? 여기서 소 대가리를?"

나이젤이 막타를 치기 전에 빼돌렸던 섀도우 미노타우로스를 바로 앞에 불러냈던 것이다.

그림자 이동술의 응용이었다.

섀도우 미노타우로스를 빼돌린 것도, 그리고 지금 이렇게 다시 소환한 것도 그림자화를 시켜서 빠르게 이동시킬 수 있었기 때문이다.

나이젤과 울프킹 분신이 싸우는 동안 섀도우 미노타우로스는 그림자 속에서 어느 정도 몸을 회복하고, 광포화 상태도 풀린 상황.

크워어어어어!

자신을 몰아붙인 나이젤에게 복수하기 위해 위풍당당한 포효를 지르며 나타났다.

그리고 그런 섀도우 미노타우로스를 황금빛 충격파 오러 블레이드가 반겨주었다.

크워?

눈앞에서 황금빛 잔상을 남기며 날아드는 칼날을 본 섀도우 미노타우로스는 멍한 표정을 지었다.

그 순간.

스아아아아아악!

금빛 칼날이 섀도우 미노타우로스를 두 조각을 내버리며 지나갔다.

아무리 몸이 회복되고, 강철 피부가 건재하다고 해도 금빛 칼날을 막을 수는 없었다.

방어를 무시하는 디스트럭션 임팩트와 합쳐진 기술이었으니까.

크워어어어억!

그렇게 섀도우 미노타우로스는 나오자마자 바로 비명을 지르며 퇴장했다.

[축하합니다! 4성 중간 보스 섀도우 미노타우로스를 처치하셨습니다. 보상으로 4,000전공 포인트를 획득합니다.]

섀도우 미노타우로스가 사라지면서 눈앞에 시스템 메시지가 떠올랐지만 나이젤은 빠르게 치워 버렸다.

지금 중요한 건 울프킹 분신이었으니까.

[경고! 섀도우 울프킹의 그림자 분신이 폭주 상태로 돌입합니다.]

순간 울프킹 분신에서 새까만 그림자들이 범람하는 물처럼 솟구쳐 나왔다.

잠시 후, 나이젤의 금빛 칼날이 해일처럼 밀려드는 그림자들과 맞부딪쳤다.

촤아아아악!

나이젤을 향해 해일처럼 밀려드는 그림자들이 금빛 칼날 앞에서 두 줄기로 갈라졌다.

울프킹 분신의 폭주는 광포화와 마찬가지로 능력치를 상승시켜 주고, 짧은 시간 동안 그림자들을 무한에 가깝게 뽑아낼 수 있었다.

그 결과가 지금 나이젤을 덮치고 있는 그림자 해일이었다.

만약 휩쓸리게 되면 그림자 속에서 익사하게 된다. 액체에 가깝게 물질화되어 있었으니까.

하지만 나이젤의 금빛 칼날은 그림자 해일을 가르며 앞으로 나아갔다.

그림자 해일을 씹어 삼키는 상성 관계였기 때문이다.

스아악!

이윽고 금빛 칼날은 울프킹 분신의 옆구리를 가르고 지나갔다.

크아아아아아!

울프킹 분신은 소리 없는 비명을 지르며 바닥에 쓰러졌다.

스스슥.

그 직후, 울프킹 분신에서 해일처럼 쏟아져 나왔던 그림자들이 다시 지면을 타고 모여들었다.

금빛 칼날에 당한 상처를 회복시킬 모양이었다.

"그렇게는 안 되지."

나이젤은 재빨리 무상신법 세 번째 걸음, 전광석화를 펼쳤다.

파파팟!

지그재그로 빠르게 지하 복도의 벽면과 천장을 타며 울프킹 분신을 향해 달려들었다.

눈 깜짝할 사이에 나이젤은 지하 복도 천장에서 울프킹 분신을 향해 떨어져 내렸다.

그사이 울프킹 분신은 몸을 반쯤 일으킨 채, 끌어모은 그림자들로 머리 위에 방벽을 만들어놓았다.

하지만.

무상검법(無上劍法).

삼식(三式), 공간베기(空間斬)!

화려한 금빛 오러가 흘러나오는 아다만트의 칼날이 그림자 방벽을 내려쳤다.

스아아아악!

해일처럼 쏟아졌던 그림자들을 압축시켜 만든 방벽이었지만 너무나도 쉽게 두 조각으로 갈라 버렸다.

울프킹 분신도 함께.

크아아아아아아!

울프킹 분신은 소리 없는 괴성을 지으며 금빛 속에서 소멸되었다.

"커헉!"

그 직후 나이젤은 한쪽 무릎을 꿇었다.

울프킹 분신을 쓰러뜨리기 위해 공간베기를 무리해서 연달아 펼쳤기 때문이다.

그 때문에 마력이 조금 역류하면서 가벼운 내상을 입고 말았다.

[축하합니다! 당신은 4성 히든 던전의 보스, 섀도우 울프킹의 그림자 분신을 쓰러뜨렸습니다. 보상으로 4,500전공 포인트를 획득합니다.]

[축하합니다! 당신은 4성 히든 던전 섀도우 울프킹의 무덤을 클리

어하셨습니다. 보상으로 4,500전공 포인트를 획득합니다.]

무릎을 꿇고 있는 나이젤의 시야에 시스템 메시지가 떠올랐다.

그리고 본래 4성 보스나 던전을 공략하면 4,000전공 포인트를 보상으로 받는다.

하지만 히든 보스 및 던전을 공략하면 전공 포인트를 500만큼 추가로 획득할 수 있었다.

'일단 잡아서 다행이네.'

나이젤은 안도의 표정을 지었다.

그래도 무리를 한 덕분에 4성 히든 보스를 잡을 수 있었으니까.

어느 정도 속을 다스린 나이젤은 자리에서 일어섰다.

용마지체가 된 덕분에 몸의 회복력이 좋아진 데다가, 육체 강화의 회복 능력도 있어서 조금만 쉬면 완전히 회복할 수 있었다.

그리고 아직 해야 할 것도 있었다.

'이제 숨겨진 보물들을 찾아야지.'

히든 던전 울프킹의 무덤 던전의 비보는 분명 보스 방에 있을 터였다.

보스를 잡은 지금 잔챙이들은 걱정하지 않아도 되었다.

그저 나이젤에게 전공 포인트를 바칠 먹잇감에 지나지 않았으니까.

삐이.

나이젤이 자리에서 일어나자 알파가 다가와 머리를 부벼왔다.

"그래, 수고했어."

나이젤은 알파의 뺨과 턱, 그리고 목을 쓰다듬어 주었다.

크앙!

그때 나이젤이 한창 울프킹 분신과 싸울 때 그림자 속에 있던 까망이가 퐁 튀어나왔다.

그림자 속에서 튀어나온 까망이는 곧바로 바닥에 쓰러져 있는 섀도우 미노타우로스를 향해 달려들었다.

"아, 까망아!"

그 모습을 본 나이젤은 문득 우드빌 영지에서 보았던 그랜드 앤트 퀸과, 얼마 전 카오스 그런트 선발대를 섬멸했을 때 보았던 켈베로스가 떠올랐다.

"잠깐만!"

나이젤은 뒤늦게 까망이를 불렀다.

헥헥헥!

하지만 까망이는 켈베로스의 카오스 코어를 먹고 얻은 가속 스킬까지 사용하면서 섀도우 미노타우로스 주위를 돌아다녔다.

킁킁!

코어를 먹을 생각에 신이 났는지 신나게 꼬리를 좌우로 흔들면서 까망이는 섀도우 미노타우로스에게 코를 들이밀고 탐색했다.

하지만.

끼잉.

얼마 지나지 않아 까망이는 실망한 표정으로 고개를 들었다.

섀도우 미노타우로스는 4성 중간 히든 보스였기에 당연히 카오스 코어가 없었다.

크왕!

그럼에도 까망이는 포기하지 않았다.

이번에는 울프킹의 분신을 향해 달려든 것이다.

쿵쿵!

까망이는 바닥에 쓰러진 울프킹의 분신의 주변을 분주하게 돌며 코어를 찾으려고 했다.

하지만 있을 리가 없었다.

까망이가 맛있게 먹을 수 있는 카오스 코어는 카오스 보스 몬스터에게서만 얻을 수 있으니까.

끼이잉. 끼잉.

이윽고 까망이는 실망한 표정으로 고개를 치켜들었다.

마치 밥그릇을 빼앗긴 강아지 같은 표정이었다.

[당신의 소환수 까망이가 침울해합니다. 행복도가 1포인트 하락합니다.]

'하.'

눈앞에 떠오른 시스템 메시지에 나이젤은 고개를 절레절레 흔들었다.

그리고 시무룩한 표정으로 앉아 있는 까망이에게 다가가 안아 들었다.

"까망아 배고파? 고기 줄까?"

나이젤은 기분이 급격히 떨어진 까망이의 얼굴과 턱을 쓰다듬어 주었다.

[까망이의 기분이 풀리고 행복해합니다. 호감도와 행복도가 1포인트 상승합니다.]

헥헥!

나이젤의 손길에 기분이 좋아졌는지 까망이는 혀를 내밀고 행복한 표정을 지었다.

"기분 좀 풀렸으면 갈까?"

크왕!

삐익!

나이젤의 말에 까망이와 알파는 활기찬 표정으로 답했다.

*　　　　*　　　　*

4성 히든 던전의 보스 울프킹의 분신을 쓰러뜨린 후, 나이젤은 보스 방을 찾아 움직였다.

아직 섀도우 몬스터들이 남아 있긴 했지만 상대가 되지 않았다.

알파만 나서도 충분히 처리할 수 있었다.

그래도 막타는 나이젤이 쳤다.

이 세계에서 시스템 능력을 쓸 수 있는 건 나이젤뿐이었으니까.

그 때문에 막타는 나이젤이 쳐야 전공 포인트를 보상받을 수 있었다.

"여긴가?"

그리고 얼마 지나지 않아 나이젤은 보스 방에 도착했다.

보스 방은 울프킹의 분신을 잡았던 장소에서 불과 오십 미터 정도 떨어진 곳에 있었다.

그리고 문을 열고 들어간 보스 방은 거대한 공터 같은 공간이었다.

'역시 아무도 없군.'

본래 보스 방의 주인이었던 울프킹의 분신을 잡아버렸으니 당연히 아무도 없는 게 정상이었다.

하지만 그럼에도 나이젤은 긴장을 늦추지 않았다.

현재 나이젤에게는 에픽 미션 불가능 난이도(신화)가 적용 되어 있는 상황이었으니까.

아마 그 때문에 PK2 버전에서는 없었던 중간 보스 섀도우 미노타우로스가 나타난 것일 테지.

나이젤은 긴장을 풀지 않고 보스 방을 둘러봤다.

거대한 돔 형태의 공간 안에는 아무것도 없었다.

보스 방 입구 맞은편에 세워져 있는 제단을 제외하고는 말이다.

'모습이 좀 많이 다른데?'

PK2 버전 게임에서는 지금 제단이 있는 위치에 섀도우 울프킹이 잠들어 있는 관이 하나 있었다.

그리고 그 관 앞에 작은 제단이 있으며, 바로 그곳에 나이젤이 입수할 예정인 섀도우 울프킹의 비급서가 놓여 있어야 했다.

하지만 지금 눈앞에 있는 건 2미터 높이의 위령탑뿐이었다.

"이건 또 뭔……."

위령탑을 향해 다가간 나이젤은 눈살을 찌푸렸다.

위령탑을 한 바퀴 돌아봤지만, 그 어디에도 섀도우 울프킹의 비급서가 보이지 않았기 때문이다.

다만, 위령탑 앞에 트리플 킹덤 세계의 문자들이 새겨져 있었다.

[위대한 어둠의 지배자이자, 그림자 늑대들 왕, 이곳에 잠들다.]

"묘비석이었군."

이곳은 섀도우 울프킹의 무덤.

눈앞에 있는 묘비석 아래에 섀도우 울프킹이 묻혀 있는 모양이었다.

그리고 묘비석에는 다음 문구도 있었다.

[그림자 늑대들의 왕이 가진 힘을 얻고 싶은 자, 그 힘을 증명하라.]

"힘을 증명하라고? 이건 또 무슨 개소리야?"

뜻 모를 문구에 나이젤의 눈살이 사정없이 찌푸려졌다.

힘을 증명하라니?

힘이라면 이미 증명하지 않았던가?

이미 던전 보스인 울프킹의 분신을 쓰러뜨렸으니까.

그런데 또 무슨 힘을 증명하란 말인가?

그르릉.

그때 까망이가 묘비석 앞에서 귀여운 울음소리를 냈다.

"까망아? 뭐 하니?"

갑자기 까망이가 묘비석을 바라보고 있자 나이젤은 의아한 표정을 지었다.

그 순간.

우우우우웅!

갑자기 위령탑 같은 묘비석이 진동을 하기 시작하는 게 아닌가?

크아아아앙!

그와 함께 까망이도 울음소리를 힘차게 내질렀다.

그러자 놀랍게도 묘비석의 진동음과 까망이의 울음소리가 서로 공명하기 시작했다.

"이건 또 무슨?"

갑작스러운 상황에 나이젤은 놀란 표정을 지었다.

그사이 까망이의 몸에서 그림자가 흘러나왔다.

그건 묘비석 쪽도 마찬가지였다.

그리고 까망이와 묘비의 그림자가 서로 합쳐졌다.

그때 나이젤의 시야에 시스템 메시지가 떠올랐다.

[그림자 차원 생명체, 나이트 울프 까망이와 섀도우 울프킹이 남긴 그림자 묘비석이 서로 공명합니다.]

'공명이라고? 대체 무슨 일이 생기고 있는 거야?'

게임에서 없었던 일들이 갑작스럽게 일어나자 나이젤은 주변을 경계했다.

무슨 일이 생길지 알 수 없었으니까.

왕왕!

그때 까망이가 한 차례 짖으며 나이젤을 올려다봤다.

마치 산책을 나가기 직전인 강아지처럼 초롱초롱한 눈빛이었다.

"까망아, 이건 설마 네가……?"

그 눈빛을 본 순간, 나이젤은 문득 알 수 있었다.

까망이가 나이젤에게 강력한 의지를 전해왔던 것이다.

갔다 올게요, 라고.

크앙!

이윽고 까망이는 묘비석을 향해 폴짝 뛰었다.

팟!

그리고 순식간에 묘비석 속으로 사라졌다.

"이건 대체……."

나이젤은 놀란 표정을 지었다.

설마 까망이가 묘비석 속으로 사라져 버릴 줄은 몰랐으니까.

그때 다시 한번 나이젤의 눈앞에 메시지가 떠올랐다.

[당신의 소환수, 까망이가 그림자 차원 속으로 여행을 떠났습니다.]

"뭐? 그림자 차원으로 떠났다고?"

나이젤은 머릿속이 복잡해졌다.

까망이가 묘비석과 공명을 하는가 싶더니 그림자 차원으로 여행을 갔다고 하는 게 아닌가?

그렇다는 말은 눈앞에 있는 묘비석은 그림자 차원으로 가는 게이트라는 소리였다.

"난 안 통하는데?"

묘비석을 향해 손을 내밀어봤지만 나이젤에게는 차갑고 매끄러운 돌에 지나지 않았다.

'그림자 능력과 관련이 있는 건가?'

아마 그게 맞을 것이다. 까망이는 그림자 차원 생명체였으니까.

실제로 까망이는 그림자 능력을 사용해서 묘비석과 공명했다.

아마 그 덕분에 묘비석이 게이트화 해서 그림자 차원으로 갈 수 있었을 터.

즉, 눈앞에 있는 묘비석은 그림자 능력이 발동 조건인 게이트 스톤이었다.

'힘을 증명하라고 한 건 그림자 능력이었나 보군.'

과거 섀도우 울프킹이 가진 능력의 기반도 그림자였다.

아무래도 그림자 차원에서 힘을 얻어온 모양.

'그럼 설마 울프킹이 남긴 유산들이 그림자 차원에 있는 거 아니야?'

충분히 가능성이 있었다.

그림자 능력을 증명한 순간, 그림자 차원으로 이어지는 게이트가 생겨났으니까.

우우우웅!

"……!"

울프킹의 유산이 그림자 차원에 있는 게 아닐까 나이젤이 생각한 순간, 묘비석이 진동하면서 그림자화 하기 시작했다.

그아아앙!

그리고 잠시 후, 묘비석에서 까망이가 튀어나왔다.

무언가를 한가득 물고서.

[나이트 울프 까망이가 그림자 차원에서 섀도우 울프킹의 유산을 물어 왔습니다.]

"헐."

나이젤은 놀란 표정을 지었다.

설마 진짜로 울프킹의 유산이 그림자 차원 속에 있었을 줄이야.

그걸 또 까망이가 가지고 오다니!

"잘했다, 까망아!"

나이젤은 까망이에게 다가가 손으로 마구 머리를 쓰다듬어 주었다.

헥헥헥.

까망이 또한 귀를 뒤로 바짝 눕히고 혀를 내밀며 나이젤의 손을 핥아댔다.

그리고 나이젤은 까망이가 가지고 나온 유산들을 바라봤다.

까망이는 끈이 길게 나와 있는 가죽 가방을 입에 문 채 나이젤에게 들이밀었다.

아마 저 안에 울프킹이 남긴 유산이 있을 터.

나이젤은 그 가방을 받아 내용물을 확인했다.

촤르륵.

"대박."

나이젤의 얼굴에 웃음꽃이 피었다.

가방 안에는 금화와 보석들로 가득 차 있었기 때문이다.

'영지 강화에 도움이 되겠군.'

나이젤은 금화와 보석들을 대부분 노팅힐 영지에 투자할 생각이었다.

신화급 불가능 난이도의 페널티 때문에 만약 노팅힐 영지가 멸망하기라도 하는 날에는 자기가 목숨이 붙어 있다 해도 어떻게 될지 장담할 수 없었으니까.

아마 게임 오버 처리 되어 사망할 확률이 높았다.

나이젤이 처음 소속을 변경하려고 마음먹었을 때, 목숨을 위협하는 경고를 받았던 것처럼.

나이젤과 노팅힐 영지는 일심동체라고 해도 과언이 아니었다.

"있다."

[다크 섀도우 스킬북.]

울프킹이 사용했던 기술들이 기록되어 있는 비급서.

수많은 암살자들과 도적들이 울프킹이 남긴 비급서를 혈안이
되어 찾으러 다녔다.

그건 울프킹의 후예라고 할 수 있는 그림자 늑대들도 마찬가
지.

하지만 그들은 울프킹의 무덤조차 발견하지 못했다.

그리고 지금 그 비급서가 나이젤의 눈앞에 있었다.

[축하합니다! 당신은 S등급의 다크 섀도우 스킬북을 발견하였습니
다.]

"역시."

눈앞에 떠오른 메시지를 확인한 나이젤은 만족스러운 미소를
지었다.

다크 섀도우 스킬북은 S등급이었다.

스킬 슬롯 하나로 여러 개의 기술 사용이 가능하니까.

트리플 킹덤 세계관에서 스킬 슬롯 하나로 여러 스킬을 쓸 수
있게 해주는 스킬북은 손에 꼽을 정도로 굉장히 희귀했다.

그래서 대부분 등급이 높았다.

물론 무공 스킬 또한 슬롯 하나로 여러 기술을 사용할 수 있
었다.

스킬북과 비교해도 무공 스킬이 사기적으로 더 좋았다.

단지, 전공 포인트가 미친 듯이 많이 든다는 단점이 있지만 말
이다.

'어느 쪽이든 상관없지.'

무공 스킬이든, 스킬북이든 둘 다 일반 스킬과는 비교도 안 되는 성능과 효율을 가지고 있었다.

어느 쪽이든 나이젤에게 도움이 된다는 사실이 중요했다.

[다크 섀도우 스킬북을 액티브 스킬난에 장착하시겠습니까? Yes Or No]

눈앞에 떠오른 시스템 메시지를 확인한 나이젤은 기존 액티브 스킬 4개 중에서 자신감 증가를 뺐다.

'자신감 증가보다는 가혹한 지휘가 더 효율성이 있으니까.'

아쉽지만 액티브 스킬 슬롯이 모자랐기에 어쩔 수 없었다.

그렇게 액티브 스킬 자신감 증가를 해제한 나이젤은 다크 섀도우 스킬북을 새롭게 장착했다.

[축하합니다! 액티브 스킬 슬롯에 다크 섀도우 스킬북이 장착되었습니다.]

[이제부터 다크 섀도우 스킬북에 기록되어 있는 그림자 은신술(F), 그림자 방어술(F), 그림자 이동술(F)을 사용할 수 있게 되었습니다.]

[업적 칭호, '섀도우 울프킹의 계승자'를 획득합니다. 보상으로 명성 1,000포인트와 액티브 스킬 슬롯을 1개 획득합니다.]

[업적 칭호, 섀도우 울프킹의 계승자 효과로 다크 섀도우 스킬 숙련도 경험치가 +25% 증가합니다.]

'대박!'

나이젤의 얼굴에서 미소가 떠나지 않았다. 울프킹의 비급서인 다크 섀도우 스킬북을 얻은 데다가, 새로운 업적 칭호까지 생겨났으니까.

'거기다 액티브 스킬 슬롯까지 하나 더 생길 줄이야.'

설마 울프킹의 계승자라는 업적 칭호를 얻으면서 스킬 슬롯이 하나 더 열릴 줄은 생각지도 않았으니 예상치 못한 기쁜 보상이었다.

'그럼 다시 장착해야지.'

액티브 스킬 슬롯이 하나 더 생겼기에 나이젤은 자신감 증가를 다시 장착했다.

이제 나이젤은 다크 섀도우 스킬북에 기록되어 있는 스킬들을 사용할 수 있게 되었다.

섀도우 울프킹의 진전을 이은 후계자가 된 것이다.

그뿐만이 아니다.

그림자 스킬들의 숙련도는 F급이었다. 그 탓에 빠르게 숙련도를 올릴 필요가 있었는데 업적 칭호 효과로 경험치까지 증가했다.

나이젤 입장에서는 정말 좋은 일이 아닐 수 없었다.

나이젤은 계속해서 까망이가 가져온 가방을 뒤졌다. PK2 버전 게임에서 본 적조차 없는 가방이었으니까.

또 어떤 것들이 들어 있을지 알 수 없었다.

'이건 또 뭐지?'

그때 나이젤의 눈에 게임에서 보지 못했던 물품이 보였다.

[그림자 은신 망토.]

타입: 망토.

등급: 유니크.

옵션: 은신(A). 인지 저하(A).

열전: 섀도우 울프킹이 사용한 망토.

그림자 은신술 스킬을 사용할 경우 효율성을 높여주고, 보다 완벽하게 몸을 숨길 수 있게 해준다.

그리고 상대의 인지력을 떨어뜨려 은밀하게 움직일 수 있다.

"헐, 대박이네."

나이젤은 눈앞에 있는 망토를 바라봤다. 전체적으로 검은색 배경에 세련된 느낌의 회로도 같은 은빛 무늬가 새겨져 있는 망토였다.

등급은 무려 유니크.

거기다 옵션은 은신과 인지 저하였다.

그 덕분에 경비가 삼엄한 곳에 잠입하는 데 굉장히 편리하게 쓰일 물건이었다.

보석과 금화에 이어 생각지도 못한 뜻밖의 수확이 아닐 수 없었다.

나이젤은 그림자 은신 망토를 몸에 걸쳤다. 그러자 망토가 나이젤의 몸에 착 감겨왔다.

그리고 움직이는 데 불편함도 느껴지지 않았다.

'좋아.'

만족스러운 미소를 지은 나이젤은 스킬 옵션을 발동시켰다.

[그림자 은신술(F)를 발동합니다.]
[그림자 은신 망토의 옵션 능력 은신(A)와 인지 저하(A)를 발동합니다.]

스스슥.

스킬 옵션들을 발동하자 나이젤의 몸이 어둠 속으로 사라졌다.

크앙?

삐?

그러자 나이젤의 뒤에서 서로 장난치며 놀고 있던 까망이와 알파가 화들짝 놀란 얼굴로 고개를 치켜들었다.

딴짓을 하면서도 항상 나이젤이 곁에 있는 걸 느끼고 있었는데 갑자기 사라져 버렸기 때문이다.

끼잉. 끼이잉.

까망이는 불안한 얼굴로 주위를 뱅글뱅글 돌았다.

나이젤의 마력과 기적은 물론 체취까지 아무것도 느껴지지 않았으니까.

삐이이익!

알파 또한 불안한 얼굴로 주위를 두리번거리더니 돔 형태의 공터에서 날아올라 나이젤을 찾기 위해 주변을 탐색하기 시작했다.

끼잉! 낑낑!

주변을 돌아다니며 나이젤의 흔적을 찾던 까망이는 아예 자리에 철푸덕 주저앉았다.

그리고 나라 잃은 표정으로 울기 시작했다. 나이젤에게 버림받았다고 생각했기 때문이다.

스스슥!

그때 공터 중앙에서 나이젤이 다시 모습을 드러냈다.

그 순간 까망이와 알파의 고개가 나이젤이 있는 쪽으로 돌아갔다.

왕!

삐!

이윽고 까망이와 알파는 쏜살같은 속도로 나이젤을 향해 뛰어들었다.

"얘, 얘들아, 잠깐만!"

뒤늦게 나이젤은 까망이와 알파를 말리려고 했지만 이미 늦었다.

퍼억!

"컥!"

거의 몸통 박치기 수준으로 달려온 까망이를 몸으로 받아내면서 나이젤은 신음을 흘렸다.

작은 몸이라 별로 신경을 쓰지 않았었는데 막상 받아보니 꽤 아팠기 때문이다.

그리고 아직 끝이 아니었다.

삐이이이!

뒤이어 덩치가 5미터에 달하는 알파가 나이젤을 깔아뭉개며

착지했다.

그 때문에 나이젤은 차가운 바닥에 쓰러졌다.

하지만 생각보다 충격은 적게 받았고, 따스함을 느꼈다.

알파가 센스 있게 살살 뭉개면서 품 안에 나이젤을 안았기 때문이다.

끼이잉! 끼끼!

삐이이이!

"그렇게 내가 좋은 거냐?"

품 안에서 울고 있는 까망이와 알파를 꼭 끌어안으며 나이젤은 쓴웃음을 지었다.

그리고 은신 망토의 성능에 웃음이 흘러나왔다.

설마 까망이와 알파조차 감지하지 못할 줄이야.

나이트 울프인 까망이의 후각은 상당한 수준이었다.

마력의 향을 느낄 수 있는 데다가 울프킹의 무덤까지 찾아냈으니까.

환수종인 그리폰 알파도 상당한 탐색 능력을 가지고 있었지만 나이젤을 감지해 내지 못했다.

이 정도면 마스터급 정도는 되어야 감지가 가능하다는 소리였다.

어쩌면 마스터 하급은 몰라도 최하급까지는 속일 수 있을지도 몰랐다.

'어쨌든 대박이네.'

그림자 은신술의 숙련도가 아직 F급임을 생각한다면 상당히 고무적인 일이었다.

앞으로 잠입을 해야 하거나, 혹은 목숨이 위험한 상황에 처했을 때 위기를 모면할 수 있을 테니까.

'일단 그 전에.'

나이젤은 까망이와 알파를 바라봤다.

갑자기 나이젤이 사라진 탓에 많이 놀란 모양.

까망이와 알파는 눈물이 그렁그렁한 눈으로 나이젤을 바라보고 있었다.

"미안. 이젠 안 그럴게."

나이젤은 까망이와 알파의 머리를 쓰다듬어 주며 달랬다.

[까망이와 알파가 마음의 안정을 찾습니다. 호감도가 1포인트 상승합니다.]

나이젤의 손길에 어느 정도 마음이 풀렸는지 까망이와 알파의 호감도가 상승했다.

그 순간.

우우우우우웅!

조용히 있던 묘비석이 갑자기 또 진동하기 시작하는 게 아닌가?

나이젤은 반사적으로 까망이를 바라봤다.

끼잉? 낑낑.

나이젤의 시선에 까망이는 귀엽게 도리질을 쳤다.

'그럼 대체 뭐가?'

나이젤은 묘비석을 향해 시선을 돌렸다. 맨 처음 묘비석이 진동했을 때는 까망이와 공명을 했기 때문이었다.

그럼 지금은 대체 무엇과 공명을 해서 그림자 차원과 이어져 있는 게이트가 열리고 있는 것일까?

스르륵. 철그렁.

이윽고 그림자로 뒤덮여 진동하던 묘비석에서 무언가가 튀어나오더니 바닥에 떨어졌다.

그것을 본 나이젤은 눈을 부릅뜨며 놀란 표정을 지었다.

"이, 이건 설마?"

*   *   *

울프킹 무덤에서 나이젤은 필요한 물품들을 전부 다 얻었다.

아니, 필요한 물품 이상의 비보를 하나 더 손에 넣었다.

'마지막에 나온 건 진짜 대박이었지.'

생각지도 못했던 뜻밖의 수확.

비급서인 다크 섀도우 스킬북보다는 아래였지만 그럼에도 상당한 가치를 가진 보물이었다.

그렇게 울프킹의 무덤에서 얻을 걸 다 얻은 나이젤은 팬드래건 백작가로 출발했다.

그리고 며칠 후, 팬드래건 백작가의 성채 도시 근처에 도착할 수 있었다.

"이쯤이면 되겠지?"

인적이 드문 숲속 상공을 한 바퀴 돌며 나이젤은 알파와 함께 내려왔다.

그리폰인 알파는 데리고 다니기에는 아무래도 너무 눈에 띄었다.

그래서 숲에 놔두고 팬드래건 성채 도시에 들어갈 생각이었다.

삐익.

"내가 없는 동안 숲에서 놀고 있어."

나이젤은 부리를 비벼오는 알파의 머리를 쓰다듬어 주었다.

제법 숲이 넓은 편이었기에 며칠 정도는 알파 혼자 지내도 충분했다.

알파를 숲에 놔둔 나이젤은 발걸음을 옮겼다. 허리에 아다만트 하나만 달랑 차고 있었기에 홀가분했다.

모든 물품들은 까망이의 아공간 보관고에 넣어두었으니까.

그 덕분에 나이젤은 마치 산책이라도 하는 것처럼 가벼운 걸음으로 숲속을 걸었다.

그리고 얼마 지나지 않아 숲을 빠져나왔다.

"저곳인가?"

조금 떨어진 곳에 거대한 외벽으로 둘러싸여 있는 도시가 있었다.

아직 거리가 제법 떨어져 있었지만 변경 영지인 노팅힐이나 윌버, 우드빌보다 확실히 더 크고 웅장하게 보였다.

트리플 킹덤 게임에서 아무래도 중간 정도의 도시 규모는 됐으니까.

팬드래건 백작가의 성채 도시는 인구수 약 10만여 명에 영지군 병사들은 약 1천 명 정도 되었다.

대략 변경 영지의 10배 정도 되는 규모라고 생각하면 된다.

'제임스는 잘하고 있으려나?'

나이젤은 제임스가 그림자 늑대들과 잘 지내고 있을지 궁금했다.

지력이 낮은 편이라 걱정스럽긴 했지만, 정치 쪽으로 잔머리가 잘 돌아가는 인물이니 나름 처신을 잘하고 있을 터였다.

"그럼 가볼까."

아우!

나이젤의 말에 까망이가 어깨 위에서 귀엽게 울었다.

그리고 나이젤은 천천히 성채 도시를 향해 발걸음을 옮겼다.

Chapter

4

늦은 오후, 나이젤은 성채 도시 입구 검문소를 지나 쉽게 입성했다.

그림자 은신술과 은신 망토 덕분에 프리패스로 통과한 것이다.

이번 방문 목적은 팬드래건 영지 내에 있는 그림자 늑대들과 접촉하는 일이었다.

그 때문에 정체를 숨겼다.

입구 검문소에서 팬드래건 영지군 병사들에게 자신이 왔다는 걸 알리기 싫었기 때문이다.

자신이 왔다는 사실이 알려지면 분명 팬드래건 백작가가 움직일 테니까.

그렇게 되면 그림자 늑대들과 접촉하기가 힘들어진다.

'팬드래건 백작가가 알아봤자 좋을 건 없지.'

그림자 늑대들은 팬드래건 영지의 정보 길드다.

다른 영지의 인물이 그들과 접촉하는 건 좋지 않게 비쳐질 수 있었다.

실제로 나이젤은 그림자 늑대들과 협력관계를 구축하거나 아니면.

'내 밑에 둘 생각이니까.'

그러니 팬드래건 백작가 몰래 그림자 늑대들과 접촉할 필요가 있었다.

팬드래건 백작가 또한 뒷세계 정보 길드인 그림자 늑대들에게 눈독을 들이고 있는 세력들 중 하나였으니까.

그렇게 팬드래건 성채 도시에 발을 들인 나이젤은 느긋하게 걸으며 주변을 둘러봤다.

'역시 팬드래건.'

전반적으로 도시 내부는 깔끔했고, 건물 또한 2~3층 높이부터 5층까지 다양했다.

그리고 변경 영지들에 비해 귀가 동물의 형태를 하고 있거나 꼬리가 달려 있는 수인족들이 많이 보였다.

슈테른 제국의 서부는 인간들 중심인 반면, 동부는 이종족에 대한 규제가 느슨했으니까.

'일단 달빛 주점부터 찾아야 되는데.'

잠시 도시 내부를 둘러보던 나이젤은 자연스럽게 은신을 해제하며 사람들 무리 속으로 섞여 들어갔다.

그리고 달빛 주점이 어디에 있는지 주변 사람들에게 길을 물었다.

트리플 킹덤 게임상에서의 달빛 주점에 대해 알고 있을 뿐, 실제 위치가 정확히 어디인지는 몰랐으니까.

그렇게 주변 사람들에게 길을 물어보며 드디어 달빛 주점 앞에 도착했다.

"여기 맞네."

게임 화면에서 봤던 달빛 주점 입구를 직접 이렇게 바라보자 새삼스럽게 새로운 느낌이 들었다.

끼이익.

일단 나이젤은 달빛 주점 안으로 들어갔다.

아늑한 분위기의 주점 안에서 술을 마시고 있는 사람들이 보였다.

나이젤은 그들을 둘러봤다.

이미 전서구를 날려 제임스에게 자신이 찾아갈 거라고 연락을 보내둔 상태였다.

그리고 제임스로부터 전서구를 받은 건 딱 한 번뿐이었다.

가장 처음에 그림자 늑대들과 무사히 접촉했다는 보고였다.

그 이후는 안전을 위해 연락을 주고받지 않았다.

'데인이 붙어 있으니 걱정할 필요는 없겠지만.'

데인 크라벨.

크림슨 용병단에서 라그나 로드브로크를 제외하고 가장 강한 단원이다.

무력은 80 후반 정도였으며, 삼국지로 치면 장료에 해당하는 인물이었다.

그가 붙어 있으니 제임스의 안전은 보장되어 있는 것과 다름없었다.

하지만 만일을 위해 문제가 생겼을 경우를 제외하고는 연락하는 걸 가급적 자제하라고 했다.

괜히 연락을 자주 주고받다가 팬드래건 백작가에게 꼬리라도 밟히게 되면 난처해질 테니까.

'이번에는 꼭 도움을 받아내야지.'

우드빌 영지에서 나이젤은 브로드에게 노팅힐 영지로 와서 도와달라고 요청했었다.

하지만 브로드는 노팅힐 영지로 오지 않았다. 이 빚은 유용하게 써먹을 생각이었다.

'그럼.'

달빛 주점 내부를 둘러본 나이젤은 미소를 지었다.

찾던 인물이 있었으니까.

"그때는 말이야! 내가 오십부장이었다고! 내가 명령을 내리면 수많은 병사들이 따랐다는 말이지! 그런데 나이도 새파랗게 어린놈이 날 내치는 게 말이 되냐고!"

벌컥벌컥!

한쪽 구석에서 한 사내가 맥주를 들이켜며 주점 아가씨들에게 하소연을 늘어놓고 있었다.

"한잔 따라봐!"

맥주 한 잔을 원샷 한 사내는 취기가 살짝 오른 얼굴로 아가씨들에게 말했다. 그러자 아가씨들은 마지못한 표정으로 고개를 흔들며 술을 따라주었다.

그리고 그 옆에는 맥주를 병째로 순삭 시키고 있는 데인의 모습이 보였다.

그 모습을 본 나이젤은 고개를 절레절레 흔들었다.

'그러고 보니 단원들이 죄다 술고래였지.'

나이젤은 용병단의 재정을 홀로 책임지고 있는 아세라드의 기분을 조금 알 수 있을 것 같았다.

설마 믿었던 데인마저 술독에 빠져 있을 줄이야.

나이젤은 그림자 은신술을 발동하며 기척을 지우고 푸념을 늘어놓고 있는 사내, 제임스를 향해 다가갔다.

그리고 제임스의 귓가에 입을 가져다 대고 속삭였다.

"살판났네?"

"히이익!"

순간 제임스는 화들짝 놀란 표정을 지으며 자리에서 벌떡 일어났다.

그리고 짜증 나는 표정으로 소리쳤다.

"아니, 어떤 미친놈이… 나, 나이젤 백부장님!"

어떤 미친놈이 나한테 귓속말을 하냐고, 소리치려던 제임스는 소스라치게 놀란 표정을 지었다.

눈앞에 귀신 같은 표정을 짓고 있는 나이젤이 있었으니까.

"어, 언제……?"

제임스는 말도 제대로 잇지 못하고 나이젤을 바라봤다.

며칠 전, 나이젤로부터 전서구를 받았을 때 제임스는 그림자 늑대들에게 신신당부를 해두었다.

나이젤이 팬드래건 영지의 성채 도시에 들어오면 알려달라고.

그림자 늑대들의 정보력이면 충분히 가능한 일이었다.

거기다 나이젤이 언제쯤 성채 도시에 올지 이야기를 해둔 상황.

그래서 나이젤이 성채 도시에 들어왔다고 연락이 오면 그때 마중 나갈 생각이었다.

그리고 이미 마중 나갈 준비는 다 해둔 상태였고, 가볍게 한 잔할 생각으로 찾은 주점.

하지만 언제나 그렇듯, 한 잔이 두 잔 되고 두 잔이 세 잔 되는 법이다.

그림자 늑대들을 믿고 연락을 기다리며 제임스는 술을 퍼마셨다.

당연히 술고래인 데인도 빠질 수 없었다.

그 결과 지금 같은 상황이 벌어진 것이다.

'그림자 늑대들은 대체 뭐 하고 있던 거야!'

제임스는 그림자 늑대들을 탓했다.

하지만 어쩔 수 없는 일이었다.

나이젤이 팬드래건 영지군의 경비병들을 속이기 위해 은신 능력을 사용해서 입구 검문소를 통과했으니까.

아무리 그림자 늑대들이라고 해도 그림자 은신술과 은신 망토를 쓴 나이젤의 행적을 알 수 있을 리 없었다.

"제임스 외교부 대사."

"예? 예……."

"편하냐? 아주 살판났네?"

"아니, 그게 아니라……."

"하라는 일은 안 하고 술이나 퍼마시고."

"……."

제임스는 할 말이 많았지만 입을 다물었다. 술 마시는 장면을 현장에서 걸려 버렸으니까.

입이 열 개라도 할 말이 없었다.

"그리고 데인."

나이젤은 데인을 바라봤다.

크림슨 용병단에서 라그나 다음으로 강하다고 알려져 있는 20대 후반의 탄탄한 근육을 가진 사내.

나이젤은 크림슨 용병단과 함께 노팅힐 영지 주변에서 동고동락을 하며 몬스터들을 토벌했었다.

그 덕분에 크림슨 용병단원들과는 말을 터놓고 편하게 지냈다.

단원들조차 나이젤을 일곱 번째, 그리고 카테리나는 영순위 동료로 취급하고 있었다.

"음."

데인은 나이젤의 눈치를 보며 겸연쩍은 표정을 지어 보였다.

평소에 비하면 간에 기별도 가지 않을 정도로 적은 양이었지만, 호위 중에 술을 마신 것이었기에 제임스와 마찬가지로 할 말이 없었다.

"아세라드한테 오늘 있었던 일을 말할 테니 그리 알아."

"헉! 그건 좀……!"

데인은 놀란 표정으로 나이젤을 바라봤다.

그렇지 않아도 노팅힐 영지에 있을 때, 아세라드의 잔소리 때문에 술을 많이 마시지 못했다.

그러다가 팬드래건 영지로 왔을 때는 숨통이 트이는 것 같았다.

마음껏 술을 마셔도 되었으니까.

"그리고 이곳에서 마신 술값은 나중에 아세라드한테에게 청구할 거니까."

"아……."

나이젤의 말에 데인은 새하얗게 재가 되었다.

그리고 나이젤은 제임스의 옆자리에 앉으며 말했다.

"그럼 이제 그동안 있었던 이야기 좀 들어볼까?"

*   *   *

달빛 주점에서 나이젤은 제임스로부터 간략하게 보고를 들었다.

그래도 놀고만 있지는 않았는지 해야 할 일들은 다 해놓고 있었다.

그림자 늑대들과 접촉하고 어느 정도 신뢰를 얻어낸 모양이었으니까.

"길드장은 만나봤나?"

"유감이지만 만나보지 못했습니다."

"역시 길드장은 무리였나 보군."

고개를 내저으며 답하는 제임스의 말에 나이젤은 턱을 쓰다듬었다.

정보 길드, 그림자 늑대들을 이끄는 길드장은 베일에 싸여 있었다.

오랜 기간 그림자 늑대들에게 의뢰를 하고 신뢰를 쌓은 VIP가 아니면 만나주지 않았다.

달빛 주점 또한 그림자 늑대들과 접선할 수 있는 비밀 장소 중 하나일 뿐, 본거지는 따로 있었다.

하지만 나이젤은 그림자 늑대들을 이끌고 있는 인물이 누구인지 잘 알고 있었다.

"제임스."

"네."

"그림자 늑대들에게 가서 전해라. 편지의 주인이 왔다고."

"알겠습니다."

나이젤의 말에 제임스는 고개를 숙였다. 그렇지 않아도 그림자 늑대들의 간부들은 편지를 보낸 나이젤과 직접 만나고 싶어 했다.

나이젤이 제임스를 통해 보낸 편지에는 그림자 늑대들이 오랜 기간 그토록 얻고 싶어 했던 비밀에 관한 내용이 적혀 있었으니까.

당연히 편지를 확인한 그림자 늑대들은 난리가 났다.

제임스를 협박하며 편지를 보낸 자가 누구인지, 어떻게 이런 비밀을 알고 있는지 캐내고 싶었다.

하지만 제임스는 세계 최강 용병단을 이끄는 라그나의 인장이 찍힌 편지를 가지고 온 인물.

섣불리 건드릴 수 없었다.

또한 무엇보다 크림슨 용병단의 단원인 데인이 호위로 붙어 있지 않은가?

그 때문에 그림자 늑대들은 제임스와 미묘한 관계를 유지했고, 그동안 제임스는 그림자 늑대들의 신뢰를 얻기 위해 노력해 왔다.

그림자 늑대들은 의뢰를 받아 암살도 하지만 기본적으로는 정보 조직이었다.

그렇기에 제임스는 그림자 늑대들이 좋아할 만한 몇몇 정보들을 넘겨주었다.

물론 이미 나이젤이 알려준 정보들이었지만.

'대체 어떻게 알고 있었던 걸까?'

제임스는 궁금하지 않을 수 없었다.

노팅힐 영지를 떠나기 전, 나이젤에게서 전해 들은 정보들이 큰 도움이 되었던 것이다.

어디서 입수한 정보들인지는 알 수 없었지만. 덕분에 비교적 일이 수월하게 풀렸다.

"그럼 다녀오겠습니다."

나이젤의 명령에 제임스는 자리에서 일어났다.

달빛 주점에서, 그동안 접선해 온 그림자 늑대에게 이야기한다면 곧 데리러 올 터였다.

'그럼 이제 어떻게 나오려나?'

나이젤은 자리에서 일어나 나가는 제임스의 등을 물끄러미 바라보며 생각에 잠겼다.

자신이 왔다는 사실을 알렸으니, 이제 그림자 늑대들이 움직이기 시작할 것이다.

과연 그들은 어떤 반응을 보일까?

나이젤은 속으로 미소를 지으며 데인과 함께 가볍게 맥주 한 잔을 했다.

*   *   *

그날 저녁.

그림자 늑대들에게서 마중이 왔다.

"안녕하세요? 여러분을 저희 달빛식당에 안내하러 왔습니다!"

"너는……."

나이젤은 살짝 놀란 표정으로 눈앞에 있는 인물을 바라봤다.

귀엽게 움직이는 늑대 귀와 꼬리.

그리고 등까지 내려오는 달빛 같은 은색 머리카락과 루비처럼 밝게 빛나는 붉은 눈의 소녀.

나이는 이제 10대 중반 정도로밖에 보이지 않았다.

놀랍게도 그림자 늑대들이 나이젤 일행의 안내를 위해 보낸 인물은 귀여운 늑대족 소녀였다.

물론 보이는 외견과는 달리 실제 나이가 어리진 않을 것이다.

아인족은 인간보다 수명이 좀 더 길고 노화도 느린 편이었으니까.

인간으로 치면 아무리 적어도 이제 갓 성인은 되었을 테지.

"미샤라고 불러주세요!"

늑대족 소녀, 아니, 미샤는 귀여운 미소를 지으며 말했다.

명랑해 보이는 늑대족 소녀의 귀여운 모습에 나이젤은 흐뭇한 미소를 지었다. 마치 까망이를 보는 듯했으니까.

다만.

'이건 또 엄청난 인물이 와버렸네.'

나이젤은 속으로 쓴웃음을 지었다.

나이젤은 제임스와 함께 데인의 호위를 받으며 미샤를 따라갔다.

미샤가 안내한 곳은 성채 도시의 외곽 거리였다.

팬드래건 영지군의 눈길이 닿지 않는 향락의 거리.

노출이 심한 여인들이 가게 앞에서 호객 행위를 하고 있고, 술집과 여관들이 줄지어 늘어서 있었다.

"이쪽으로."

미샤는 나이젤 일행을 여관 식당으로 안내했다.

여관 식당의 이름은 만월의 달빛(Full Moon Light).

"이곳은……."

나이젤은 살짝 놀란 표정으로 눈앞의 주점을 바라봤다.

"이곳은 저희들이 거점들 중 하나로 사용하고 있는 곳이에요."

나이젤이 놀란 표정을 짓자 미샤는 웃으며 답했다.

"거점들 중 하나라."

그녀의 말에 나이젤은 속으로 피식 웃음을 흘렸다.

'일단 순순히 협조할 생각은 없나 보군.'

미샤가 거점들 중 하나라고 연막을 쳤지만 나이젤을 속일 수는 없었다.

트리플 킹덤 게임에서 만월의 달빛 여관 식당은 단순한 거점이 아니라 그림자 늑대들의 본거지였으니까.

아무래도 그림자 늑대들의 간부들은 나이젤을 만나고 싶은 모양이었다.

"가지."

나이젤은 망설임 없이 여관 식당으로 들어갔다.

식당 내부는 별달리 특이한 점은 보이지 않았다.

1층은 식당이긴 하지만 주류도 함께 팔고 있었고, 2층은 아담한 분위기의 주점에 가까웠다.

"여기서부터는 나이젤 님만 오셔야 돼요."

그리고 3층 계단 앞에서 미샤는 제임스와 데인을 제지했다.

그녀의 말에 제임스와 데인은 나이젤을 바라봤다.

"너희들은 여기서 기다려. 나 혼자 갔다 올게."

"알겠습니다."

제임스와 데인은 할 말이 많은 표정을 지었지만 이내 고개를 끄덕이며 수긍했다. 나이젤이 혼자 가지 않는다면 그림자 늑대들의 간부들이 만나주지 않을 테니까.

"그럼 이쪽으로 오세요."

미샤는 나이젤을 데리고 3층으로 안내했다. 그리고 3층 복도 끝에 있는 집무실 앞에서 멈춰 섰다.

집무실 문은 미닫이식으로 꽤 컸다.

그리고 문 양옆에는 정장과 비슷한 검은 옷을 입고 있는 20대 후반의 사내 두 명이 서 있었다.

아무래도 경비인 모양.

그들 앞에서 미샤는 미안하다는 표정으로 나이젤을 돌아보며 말했다.

"죄송하지만 무기는 이분들에게 드려야 해요."

"그러지."

나이젤은 고개를 끄덕이며, 허리에 차고 있던 아다만트를 경호원으로 보이는 사내 한명에게 넘겼다.

그 모습을 본 미샤는 문을 두드렸다.

"나이젤 님을 모셔 왔어요!"

"들어와라."

그러자 문 안에서 녹아들듯 부드러운 목소리가 들려왔다.

끼이익.

그 말에 경비로 보이던 사내들이 미닫이문을 당기며 열었다.

그리고 나이젤과 미샤는 그림자 늑대들의 집무실로 들어갔다.

그 순간 달콤한 향이 코를 찔렀다.

[경고. 미약하지만 상대를 매혹시키는 향을 감지했습니다. 평소보다 인지능력이 떨어집니다.]

'독인가?'

갑작스럽게 떠오른 메시지를 확인한 나이젤은 흠칫 놀랐지만 겉으로 내색해 보이지 않았다.

이미 어느 정도 예상하고 있던 일이었으니까.

그리고 내부를 살폈다.

자욱하게 피어오른 신비한 보랏빛 연기가 집무실 내부를 가득 채우고 있었다.

아무래도 보랏빛 연기가 상태 이상을 유발시키는 모양.

그리고 보랏빛 연기는 집무실 끝에서 피어오르고 있었다.

"당신이 나이젤? 생각보다 어려 보이네."

남자의 심장을 녹일 것 같은 달콤하고 부드러운 목소리가 울려 퍼졌다.

나이젤은 눈앞을 들어 집무실 끝을 바라봤다.

그곳에 아찔한 자태의 여인이 붉은 소파 위에 반쯤 기대 누워 있었다.

허벅지까지 내려오는 풍성한 보라색 머리카락과 먹잇감을 노리는 듯 위험하게 빛나는 붉은색 눈동자.

그리고 나른한 표정으로 곰방대처럼 긴 파이프 담배를 피우고 있는 아름다운 미녀였다.

나이는 20대 후반으로 보였지만, 어떻게 보면 그보다 더 어리게 보이기도 했고, 또 어떻게 보면 그보다 더 많아 보이기도 했다.

그뿐만이 아니라 그녀가 누워 있는 쇼파 양옆에는 호위로 보이는 검은 옷의 여성들이 면사포로 얼굴을 가린 채 서 있었다.

나이젤은 붉은 소파 위에 누워 있는 여성을 바라봤다.

'아델리나 바이에른.'

그림자 늑대들의 여왕이자, 팬드래건 영지의 뒷세계를 지배하고 있는 여걸이다.

그리고 그녀가 그림자 늑대들을 이끌고 있다는 사실을 알고 있는 존재는 많지 않았다.

"가까이 오렴."

아델리나는 나이젤을 유혹하듯 달콤한 목소리로 말했다.

실제로 노출이 심한 붉은색 드레스를 입고 누워 있는 그녀의 모습은 굉장히 매혹적이었다.

거기다 지금 아델리나가 피우고 있는 파이프 담배의 보랏빛 연기는 인지능력을 낮추는 효능까지 가지고 있었다.

그뿐만이 아니다.

[아델리나 바이에른의 고유 능력 마성의 목소리가 발동되었습니다.]

인지능력이 떨어진 상황에서 발동된 아델리나의 고유 능력, 마성의 목소리.

지금처럼 인지능력이 떨어졌을 때, 어느 정도 상대를 자신의 마음대로 조종할 수 있는 능력이다.

어지간한 남자라면 아델리나의 모습과 목소리에 그만 넘어갔을 터였다.

하지만.

[용안이 발동하여 정신 방벽을 활성화합니다.]

나이젤은 다시 정신을 차렸다.

용의 눈이 발동하면서 정신 방벽이 활성화된 것이다.

정신 방벽은 정신과 관련된 온갖 상태 이상을 해제시키는 능력을 가지고 있었다.

"헛수작은 그쯤 하지?"

나이젤은 여유로운 모습을 보이며 한마디 던졌다.

"그, 그대는 대체?"

순간 아델리나는 놀란 표정으로 나이젤을 바라봤다.

용안이 발동되면서 나이젤에게서 위험한 기운이 느껴졌기 때문이다.

마치, 드래곤과 마주한 것 같은.

하지만 아델리나의 호위를 하고 있는 여성들은 느끼지 못했다.

아델리나만이 느꼈을 뿐이었다.

왜냐하면 그녀는 인간이 아니었으니까.

[상태창]

이름: 아델리나 바이에른.

종족: 뱀파이어. 연령: 35세.

타입: 문관.

클래스: 캐스터.

고유능력: 마성의 목소리(A), 매혹안(A), 흡혈(A), 페로몬(A), 위기감지(B), 안개화(B).

능력치:

법력(75/76). 통솔(78/82).

지력(81/85). 마력(75/81).

정치(71/72). 매력(83/85).

아델리나 바이에른.

그녀는 트리플 킹덤 게임의 오리지널 등장인물이었다.

비록 비전투 쪽인 문관이었지만 전투 능력 자체는 나쁘지 않았다.

무엇보다 그녀는 직접 전투를 하는 것보다 상대를 유혹해서 조종하는 데 특화된 능력을 가지고 있었다.

그리고 위기 감지 능력까지도.

그 덕분에 용안을 발동한 나이젤의 힘을 어렴풋이나마 느낀 것이다.

"그대는 정말 인간인가?"

"그럼? 내가 인간이 아니면 뭐지?"

아델리나의 말에 나이젤은 웃으며 받아쳤다.

"……"

그러자 아델리나는 할 말을 잃었다.

자신의 위기 감지 능력으로 미약하지만 용의 기운을 느꼈다.

하지만 자신의 눈앞에 있는 청년이 설마하니 순수 용족일 리는 없었다.

아마 용족의 피를 이어 받은 용인족일 터.

그렇다고 해도 문제가 없어지는 건 아니었다.

아크 대륙에서 용인족은 팬드래건 백작가뿐이었으니까.

그만큼 용인족은 아인족들 중에서도 희귀하다는 소리였다.

그리고 만약 눈앞에 있는 사내가 팬드래건 백작가의 인물이라면,

'좋지 않아.'

아델리나는 붉은 소파에 등을 기대며 앉았다.

그림자 늑대들은 다양한 정보들을 다루기 때문에 보안 유지를 생명처럼 생각한다.

그 때문에 거점도 여러 곳을 만들었다. 문제가 생겼을 경우 바로 버리고 이동할 수 있도록.

그런데 지금 팬드래건 영지에서 자신들의 거점이 탄로 날 위기에 처했다.

그렇다면 남은 건 하나,

'이곳을 버린다.'

최악의 경우, 이곳 만월의 달빛 여관 식당을 버리는 수밖에.

그렇게 생각한 아델리나는 나이젤을 바라봤다.

불현듯 아델리나는 깨달았다.

나이젤이 용인족이라고 자신을 주장하지 않았다는 사실을.

"그대는 인간이군."

"그래, 맞아. 난 인간이다."

입꼬리를 올리며 말하는 나이젤.

그 모습을 본 아델리나는 파이프 담배를 입에다 가져가 물었다.

스읍. 후.

그녀의 달콤한 숨소리가 집무실 안에서 조용히 울려 퍼지며, 보랏빛 담배 연기가 사방으로 퍼졌다.

아델리나는 알아차렸다.

자신이 눈앞에 있는 청년에게 말려들었다는 사실을.

자신의 능력이 통하지 않는다는 사실과, 찰나지만 그의 눈에서 용의 기운을 느꼈을 때부터 말이다.

그리고 눈앞의 청년이 노팅힐 영지에서 온 백부장이라는 사실도 떠올려 냈다. 그 말은 즉, 팬드래건 영지와 관련이 없다는 소리였다.

'그럼 대체 정체가 뭐지?'

아델리나는 나이젤을 바라봤다.

자신의 눈빛에도 시선을 피하지 않고 넘어오지 않는 남자.

자신은 마안의 소유자였다.

지금까지 자신의 눈빛에 매혹되지 않는 남자는 없었다.

그런데 눈앞의 사내는 한 치의 흔들림도 없이 평정심을 유지했다.

아델리나의 입장에서는 달갑지 않은 일이었다.

본래 계획대로라면 눈앞에 있는 사내의 평정심을 잃게 만들어서 그림자 늑대의 비밀에 대해 무엇을 알고 있는지 전부 밝혀낼 생각이었으니까.

그런데 일이 이렇게 꼬일 줄이야.

'예상대로군.'

그에 반해 나이젤은 속으로 회심의 미소를 짓고 있었다.

그림자 늑대들의 수장은 트리플 킹덤 게임대로였다. 덕분에 아델리나의 고유 능력 앞에서도 나이젤은 흔들리지 않을 수 있었다.

정신 방벽 능력을 가진 용의 눈은 아델리나에게 있어서 천적이나 다름없었으니까.

그 덕분에 주도권이 나이젤에게로 넘어왔다.

"그럼 이제 본론으로 넘어갔으면 하는데."

"그러지."

나이젤의 말에 아델리나는 마지못한 표정으로 고개를 끄덕였다.

그리고 재차 말을 이었다.

"그대가 보낸 제임스라는 자에게 이야기는 들었다. 우리들이 원하는 비밀을 알고 있다고?"

"그래."

"우리에 대해 무엇을 알고 있다는 거지?"

아델리나의 붉은 눈이 이글거리듯 불타올랐다.

그림자 늑대들의 오랜 숙원.

그것을 이루기 위해 지금도 노력하고 있지만 쉽지 않았다.

정보가 들어오지 않았으니까.

그런데 그걸 알고 있다는 자가 나타났다.

그래서 그림자 늑대들은 지푸라기라도 잡는 심정으로 제임스와 미묘한 관계를 유지해 왔다.

그렇게 자신들의 비밀을 알고 있다는 자가 나타나기 전까지 기다렸다.

그리고 나타난 사람이 바로 눈앞의 나이젤이었다.

"너희에 대해서라면 잘 알고 있지, 아델리나 바이에른."

"……!"

순간 아델리나의 붉은 눈에 놀라움이 스쳐 지나갔다.

대체 어떻게 눈앞의 사내는 자신의 이름을 알고 있는 것일까?

자신이 눈앞의 사내를 알고 있는 건 이상하지 않은 일이었다.

제임스와 접촉한 후, 노팅힐 영지에 대한 정보란 정보는 모두 조사했으니까.

그 때문에 눈앞의 사내가 불과 몇 달 사이 노팅힐 영지에서 두각을 나타내며 백부장이 되었다는 사실은 잘 알고 있었다.

그뿐만이 아니라, 나이, 이름, 출신 마을, 가족관계 등등.

그동안 그림자 늑대들의 정보력을 동원해 전부 알아냈다.

자신들의 비밀을 알고 있다고 편지를 보낸 인물이었으니 기본적인 조사는 해둘 필요가 있었다.

"어, 어떻게 나를……?"

아델리나는 놀란 표정을 지었다.

하지만 눈앞의 사내는 자신에 대해 모르고 있어야 했다. 왜냐하면 자신은 비밀 정보 조직, 그림자 늑대의 수장이었으니까.

고작 변경 영지의 일개 백부장 따위가 알아낼 수 없는 존재인 것이다.

그런데 대체 어떻게 자신이 누구인지 알고 있는 것일까?

"너에 대해서는 잘 알고 있지. 그리고……."

아델리나를 향해 웃으며 말한 나이젤은 고개를 뒤로 돌렸다.

그곳에 늑대 소녀 미샤가 눈을 동그랗게 뜬 귀여운 표정으로 고개를 갸웃거리고 있었다. 그런 그녀를 향해 나이젤은 입꼬리를 치켜올리며 말했다.

"나는 네가 누구인지도 알고 있다. 미샤, 아니, 마리사 그란디스."

"옛?"

나이젤의 말에 미샤의 귀가 쫑긋거리며 세워졌다.

예상치 못한 말을 들었으니까.

"그, 그게 무슨……."

미샤는 어색하게 웃으며 나이젤을 바라봤다.

자신들에 대해 알고 있다니?

말도 안 되는 소리였다.

하지만 나이젤은 그녀들의 의문에 쐐기를 박았다.

"너희에 대해서도, 그리고 그림자 늑대들에 대해서도 잘 알고 있다."

다름 아닌 트리플 킹덤 게임 덕분에.

물론 그 사실을 말해줄 생각은 없었다. 오히려 그녀들에게 믿을 수 없는 말을 할 생각이었다.

"단도직입적으로 말하지. 내 밑으로 들어와라."

"하."

나이젤의 말에 아델리나는 코웃음을 쳤다. 확실히 눈앞의 인물은 의외성이 있었다.

자신의 함정에 걸려들지 않았고, 예상치 못한 정보를 가지고 있는 모양이었으니까.

하지만 그렇다고 다짜고짜 밑으로 들어오라니?

아델리나와 미샤를 비롯한 그림자 늑대들은 기본적으로 프라이드가 높았다.

고고한 늑대들이 쉽게 다른 누군가의 밑으로 들어간다는 건 있을 수 없는 일이었다.

"우리들도 얕보였군. 감히 여기가 어디라고 헛소리를 하느냐."

그녀의 전신에서 위험해 보이는 진한 보랏빛 기운이 흘러나왔다.

강력한 페로몬 계열의 안개였다.

이 정도 농도라면 독 안개라고 해도 과언이 아니었다.

또한, 아델리나 곁에 서 있는 검은 옷을 입고 있는 여성 호위들에게서도 심상치 않은 기운이 피어올랐다.

지금 아델리나는 남성에게 영향을 주는 페로몬 향을 강하게 내뿜고 있었기 때문에 주위 여성에게는 효과가 없는 모양이었다.

하지만 나이젤은 여전히 여유로운 표정으로 그녀들을 바라보고 있을 뿐이었다.

용마지체가 되면서 모든 속성의 저항력이 높아졌으니까.

그뿐만이 아니다.

팡!

나이젤의 전신에서 발현된 충격파가 전방을 향해 공간을 진동시키며 앞으로 나아갔다.

그러자 아델리나의 보랏빛 기운이 사방으로 흩어지며 사라졌다.

나이젤의 충격파가 아델리나의 독 안개를 분쇄시켜 버린 것이다.

"이, 이건……?"

아델리나는 놀란 표정을 지었다.

이렇게 간단히 자신의 페로몬 미스트가 사라질 줄은 예상하지 못했으니까.

"내가 아까 말했지? 헛수작은 부리지 말라고."

그런 그녀에게 나이젤은 가볍게 미소를 지어 보였다. 그리고 재차 말을 이었다.

"그리고 여기가 어디긴 어디야. 너희들 그림자 늑대들의 본부지."

"그건 또 어떻게……."

나이젤의 말에 미샤는 상당히 놀란 듯 귀를 쫑긋쫑긋거렸다.

나이젤의 말대로 이곳은 그림자 늑대들의 본부였기 때문이다.

하지만 그녀들은 여태껏 이곳이 본부라는 사실을 숨기고 수많은 거점들 중 하나라는 인식을 의뢰자들에게 심어주었다.

그 덕분에 그림자 늑대들의 본부가 어디에 있는지, 그리고 실체가 무엇인지 알고 있는 자들은 많지 않았다.

그런데 이곳이 본부라는 사실을 눈앞에 있는 사내는 어떻게 알고 있는 것일까?

"그리고 네가 실질적인 리더라는 것도 알고 있지."

나이젤은 미샤를 바라보며 한마디 덧붙였다.

미샤, 아니, 마리사 그란디스.

눈앞에 있는 소녀가 바로 그림자 늑대들을 이끄는 인물이었던 것이다.

"……!"

나이젤의 말에 미샤는 흠칫 놀라며 늑대 꼬리를 치켜올렸다.

그뿐만이 아니라 아델리나 또한 나이젤을 경계하는 눈빛으로 노려봤다.

그림자 늑대 안에서 미샤가 리더라는 사실은 아주 극소수만 알고 있는 비밀이었다.

의뢰인들은 물론 대다수의 그림자 늑대들도 모르는 사실을 대체 어떻게 눈앞의 사내는 알고 있단 말인가?

"당신은 대체 뭐 하는 사람인가요? 어떻게 우리들의 비밀들을……."

미샤는 믿기지 않는 눈으로 나이젤을 바라봤다.

그녀들이 조사한 노팅힐 영지의 나이젤이라는 인물은 절대 자신들에 대해 알고 있을 리가 없었다.

왜냐하면 자신들과 그 어떤 접점 하나 없는 인물이었으니까.

그렇기에 나이젤의 편지를 받았을 때는 정말 놀랐다. 자신들의 정보망에 없는 인물이 보내온 편지에 자신들의 비밀을 알고 있다고 적혀 있었으니 말이다.

평상시였다면 그냥 무시해 버렸을 테지만, 편지에는 다른 누구도 아닌 크림슨 용병단의 단장, 라그나의 인장이 찍혀 있었다.

이 세계에서 최강자들 중 한 명인 라그나를 그림자 늑대들은 무시할 수 없었다. 후환이 두려웠으니까.

그래서 편지를 가지고 온 제임스와 미묘한 관계를 유지하다가 드디어 편지를 보낸 인물인 나이젤과 만난 것이다.

그런데 설마 자신들에 대해 이토록 자세히 알고 있을 줄이야.

대체 어떻게 자신들에 대해 잘 알고 있는 것일까?

"내가 너희들의 비밀을 알고 있다는 사실은 중요하지 않아."

다만, 나이젤이 그림자 늑대들을 압박하는 데 유용할 뿐.

그림자 늑대들은 정보 조직이다.

그런데 지금 그들은 나이젤에 대해 파악을 하지 못하고 있는 반면에, 나이젤은 그림자 늑대들이 숨기고 있는 극비 사실까지 알고 있었다.

그 때문에 아델리나와 미샤는 주도권을 완전히 나이젤에게 넘겨준 상황이 됐다.

그 상황에서 나이젤은 그녀들을 향해 웃으며 말했다.

"정말 중요한 건 내가 늑대왕 계승자라는 사실이지."

"……!"

나이젤의 말에 아델리나와 미샤는 눈을 부릅떴다.

눈앞에 있는 인물이 늑대왕, 즉 섀도우 울프킹의 계승자라고 이야기를 한 것이다.

당연히 믿을 수 없었다.

"헛소리하지 마라! 네놈이 그분의 계승자일 리 없다!"

"맞아요. 다른 건 몰라도 그분을 모욕하는 건 용서할 수 없어요."

나이젤의 말에 아델리나와 미샤는 격렬하게 반응했다.

아무래도 그녀들의 역린을 건드린 모양이었다.

아니, 그녀들뿐만이 아니라 다른 그림자 늑대들에게도 마찬가지일 것이다.

모든 그림자 늑대들은 울프킹을 존경하고 경외하니까.

"이래도?"

스스슥.

[그림자 은신술과 은신 망토 옵션 능력을 발동합니다.]

바로 눈앞에 있는 게 분명함에도 나이젤의 모습이 일순 흐릿해지더니 사라져 버렸다.

"이, 이건!"

"설마?"

아델리나와 미샤는 놀란 표정을 지었다. 나이젤의 발밑에서 그림자가 다리부터 감싸 오르더니, 이내 어둠 속으로 사라지듯 모습을 감추었기 때문이다.

"그, 그림자 은신술이라고?"

아델리나는 놀란 표정으로 주변을 두리번거렸다.

하지만 그 어디에서도 나이젤의 기척을 찾을 수 없었다.

그건 미샤도 마찬가지.

그녀들의 감각을 속일 정도의 은신술은 손에 꼽을 정도였다.

있다고 한다면, 역시 섀도우 울프킹이 사용했다고 전해지는 그림자 은신술뿐.

스스슥.

잠시 후 나이젤은 그녀들의 눈앞에 다시 모습을 드러냈다.

"이 정도면 믿을 수 있겠나?"

"……."

나이젤의 말에 아델리나와 미샤는 조용히 침묵했다.

조금 전 나이젤이 보인 은신 능력은 틀림없는 그림자 은신술이었다.

하지만 그것만으로는 부족했다.

"그럼 증표를… 당신이 그분을 계승했다는 증표를 보여주세요."

"증표라……."

미샤의 말에 나이젤은 생각에 잠겼다. 자신이 섀도우 울프킹의 진전을 이었다는 다른 증거를 보여달라는 거겠지.

확실히 200년 전, 섀도우 울프킹이 제국의 밤을 지배할 때 가지고 있던 비보들이 몇 가지 있었다.

그중 하나가 방금 나이젤이 보여준 그림자 은신술이었다.

그리고 다른 하나는.

"이거면 되겠나?"

나이젤은 아델리나와 미샤 앞에서 그림자 은신 망토를 보여주었다.

"이건 설마?"

섀도우 울프킹의 비보 중 하나인 그림자 은신 망토.

그 모습을 알고 있는 존재는 섀도우 울프킹 본인과, 그를 따르는 늑대들뿐이었다.

"그림자 은신 망토인가요?"

미샤는 놀란 표정으로 나이젤이 착용하고 있는 망토를 바라봤다.

자신이 알고 있는 섀도우 울프킹의 그림자 은신 망토와 흡사하게 생겼다.

"그건 너희들이 잘 알고 있을 텐데?"

나이젤은 피식 웃으며 대답했다.

그녀들에게는 그저 그림자 은신술과 망토를 보여주었을 뿐이다.

그것들이 정말 울프킹의 비보인지 아닌지는 그녀들이 판단해야 할 문제였다.

나이젤이 비보라고 말한다고 한들 그녀들이 믿지 않으면 허사였으니까.

하지만 아델리나와 미샤는 울프킹의 비보들이 진품인지 아닌지 구별할 수 있었다.

그림자 늑대는 섀도우 울프킹의 후예들이었으니 말이다.

그렇기에 놀란 표정으로 나이젤을 바라볼 수밖에 없었다.

눈앞의 사내가 보여준 그림자 은신술과 그림자 은신 망토는 섀도우 울프킹의 비보들이 맞았으니까.

"진짜라니……."

은신 망토를 확인한 미샤는 멍한 표정으로 나이젤을 바라봤다.

지금까지 그림자 늑대들은 섀도우 울프킹의 유산인 비보들을 찾기 위해 대륙을 조사해 왔다.

하지만 대체 비보들이 어디에 있는지 그 단서조차 찾을 수 없었다.

그런데 설마 울프킹의 비보들을 눈앞에 있는 사내가 가지고 있을 줄이야.

"역시 바로 알아보는군. 내가 보낸 편지 내용이 거짓이 아니라는 것도 이제 알겠지?"

"네……."

미샤는 고개를 끄덕였다.

나이젤이 보낸 편지에는 그림자 늑대들이 울프킹의 유산을 비밀리에 찾고 있다는 사실을 알고 있다고 적혀 있었다.

그리고 울프킹의 유산이 어디에 있는지 알고 있다는 사실까지도.

울프킹의 유산에 관한 정보는 그림자 늑대들에게 있어서 민감한 사항이었기 때문에 허투루 넘길 수 없었다.

그렇다고 편지를 가지고 온 제임스나, 편지를 보낸 나이젤에게 직접 손을 대기에는 위험했다.

세계 최강의 용병단 크림슨 미드나이트가 빽으로 있었으니까.

나이젤은 다시 아델리나와 미샤를 바라봤다.

"나는 늑대왕의 유산을 이어받았다. 이 말이 무엇을 의미하는지 잘 알고 있을 테지?"

"……."

나이젤의 말에 그녀들은 입을 꾹 다물었다.

지금까지 그림자 늑대들이 울프킹의 유산을 찾은 이유.

확실히 울프킹이 남긴 비보들은 어마어마한 가치를 가지고 있었다.

하지만 그림자 늑대들에게 있어 울프킹의 비보들은 그것들이 지닌 실질적인 가치보다 더 큰 의미를 내포하고 있었다.

그것은.

"늑대왕의 계승자를 뵙습니다."

아델리나와 미샤, 그리고 붉은 소파 양옆에 있던 여자 호위 두 명까지 나이젤을 향해 무릎을 꿇었다.

그림자 늑대들은 울프킹의 진전을 이은 자를 따르기로 되어 있었으니까.

'덕분에 일이 쉬워지겠군.'

나이젤은 무릎을 꿇고 있는 그녀들을 바라보며 만족스러운 미소를 지었다.

*　　　　*　　　　*

나이젤이 그림자 늑대들을 방문하고 하루가 지났다.

울프킹의 유산을 바탕으로 나이젤은 그림자 늑대들을 수중에 넣었다.

적어도 그림자 늑대들을 이끄는 입장에 있는 아델리나와 미샤는 같은 편으로 만든 것이다.

'아직 반신반의하고 있는 녀석들이 있는 모양이지만.'

그림자 늑대들의 일부 간부들이 반발하고 있는 모양이었지만 시간문제에 지나지 않았다. 아델리나와 미샤가 설득해 보겠다고 나섰으니까.

어느 정도의 반발은 있을 거라 예상하고 있었기에 나이젤은 그다지 신경 쓰지 않았다.

적어도 아델리나와 미샤, 두 인물을 통해 그림자 늑대들의 중추부를 손에 넣었으니 말이다.

그녀들의 설득에도 거부하는 녀석들이 있다면 울프킹의 비보를 직접 체험시켜 주면 될 터.

'당분간 그림자 늑대들은 그녀들에게 맡겨두기로 하고 지금은……'

나이젤은 고개를 들었다.

눈앞에 웅장한 외벽을 가진 거대한 도시가 펼쳐져 있었다.

팬드래건 영지의 성채 도시였다.

"이제 슬슬 도착했으려나?"

나이젤은 성채도시 입구를 바라봤다.

오늘은 팬드래건 영지의 성채 도시 입구에서 카테리나와 다니엘을 만나기로 한 날이었다.

그 때문에 나이젤은 몰래 성채 도시 밖으로 나왔다.

카테리나와 다니엘과 합류하여 공식적으로 찾아가 볼 곳이 있었으니까.

"용공작 알타이르. 이제 그녀를 만나러 가야지."

브로드의 여동생, 삼국지로 치면 손상향에 해당하는 인물인 아이리 팬드래건을 구하기 위해서.

Chapter

5

팬드래건 영지의 성채 도시 입구 앞에서 나이젤은 카테리나와 다니엘을 무사히 만나 합류했다.

그리고 곧장 도시 북쪽에 있는 팬드래건 백작가의 저택으로 향했다.

"여기가 팬드래건 백작가……."

저택 정문에 도착한 카테리나는 놀란 얼굴로 고개를 들었다.

다니엘도 마찬가지였다.

그들은 변경 영지에만 있었으니까.

당연하게도 팬드래건 백작가의 저택은 변경 영지의 영주성보다 훨씬 더 거대했다.

당장 카테리나의 눈에는 거대한 외벽과 정문밖에 보이지 않았다.

또한, 강철 빗살로 된 정문 너머로 넓은 정원이 펼쳐져 있었다.

그 정원 너머에 있는 팬드래건 백작가의 저택은 멀리 떨어져 있었음에도 노팅힐 영지의 영주성보다 더 큰 게 확연히 느껴졌다.

"무슨 일로 오셨습니까?"

그때 저택 입구를 지키고 있던 경비병이 경계심이 깃든 얼굴로 나이젤 일행에게 다가와 말했다.

"노팅힐 영지에서 온 사절단이다. 브로드 팬드래건 공자님을 만나러 왔는데……"

"노팅힐 영지에서 오셨습니까?"

"그래."

경비병의 물음에 나이젤은 자신의 백부장 패를 보여주었다.

경비병은 나이젤의 백부장 패를 확인하더니 경례를 했다.

"팬드래건 백작가에 오신 것을 환영합니다, 나이젤 백부장님."

그들의 경례에 나이젤은 가볍게 목례로 받았다.

'다행히 연락을 받았나 보군.'

팬드래건 백작가에 오기 전에 미리 방문 편지를 보냈었는데 다행히 무시당하진 않은 모양이었다.

슈테른 제국에서 팬드래건 백작가는 대귀족이다.

같은 백작 가문들 중에서도 가장 세력이 크고 영지도 넓었다.

그렇기에 노팅힐 남작가 같은 변경의 약소한 귀족 가문은 그냥 무시해 버릴 수도 있었다.

최악의 경우, 문전 박대를 당했을 수도 있다는 소리다.

"여러분이 오시는 걸 기다리고 있었습니다. 이쪽으로 오십시오."

저택 정문을 개방한 경비병은 나이젤 일행을 데리고 안으로 들어갔다.

분수대가 있는 넓은 정원을 지나 나이젤 일행은 팬드래건 백작가의 저택에 도착했다.

'역시 어마어마하네.'

어지간한 성보다 크고 웅장한 저택.

그 앞에 가벼운 경장 차림의 기사가 한 명 서 있었다.

'응?'

나이젤은 흥미로운 표정을 지었다.

눈앞에 있는 기사는 놀랍게도 아인족 중에서도 호족이었다.

겉모습은 인간과 다를 바 없지만 호랑이 귀와 꼬리를 가졌으며 굉장히 호전적인 종족이었다.

그리고 늑대족과 사이가 썩 좋지는 않았다. 서로 라이벌 관계라고 생각하고 있었으니까.

실제로 호족과 늑대족은 전투 종족으로 용병 업계에서 인기가 많으며 그 때문에 자주 다투기도 했다.

'카사블랑카인가?'

30대 후반으로 보이는 외모에 하얀 머리카락을 가진 호족 중년.

하지만 젊어 보이는 외모에 속으면 안 된다.

카사블랑카는 삼국지로 치면 한당이니까. 한당은 동탁 토벌전에서 등장한 이후 강동을 평정하는 데 큰 활약을 하는 인물이다.

그리고 주태와 함께 전장에 출전하여 혁혁한 전공을 세우는 인물이기도 했다. 또한, 황개, 정보, 조무와 함께 손견을 따르는 4대 공신들 중 한명으로, 나이가 꽤 많았다.

황개에 해당하는 알프레드와 비슷한 나이대였으니까.

"이분들은?"

나이젤 일행을 본 카사블랑카는 경비병을 향해 입을 열었다.

"노팅힐 영지에서 오신 나이젤 백부장님과 그 일행들이십니다."

"노팅힐 영지라고?"

경비병의 말에 카사블랑카는 입꼬리를 치켜올렸다.

노팅힐 영지라면 잘 알고 있었다.

변경의 별 볼 일 없는 작은 영지.

그리고 그곳을 다스리는 다리안 영주에 대한 소문도 간간이 들려왔으니까.

'여기도 별 차이가 없는 건가?'

나이젤은 속으로 고개를 절레절레 흔들었다.

경비병들은 그래도 나름 예의를 보였지만, 역시 팬드래건 백작가의 기사급 무장인 카사블랑카에게는 노팅힐 영지가 우습게 보이는 모양이었다.

"크하하하핫! 재미있군. 노팅힐 영지에서 우리들의 주군을 만나러 왔다는 말이냐?"

자신들을 바라보며 무엇이 그렇게 즐거운지 박장대소를 흘리고 있었으니까.

"브로드 공자님과 알타이르 백작님은 어디 계시지?"

나이젤은 피곤하다는 얼굴로 말했다.

카사블랑카는 호전적인 성격의 인물.

괜히 그와 계속 대면하고 있어봤자 좋을 건 없었고 그저 피곤해질 뿐이었다.

그러니 최대한 빨리 브로드나 알타이르 백작을 만나 용무를 보는 게 나았다.

"뭘 그렇게 서두르나?"

하지만 카사블랑카는 재미있다는 표정으로 나이젤을 바라봤다.

"앤트 슬레이어."

"하?"

카사블랑카의 말에 나이젤은 멍한 표정을 지었다.

앤트 슬레이어라니?

"아까 나이젤 백부장이라고 했지? 너에 대해서라면 브로드 도련님에게 이야기를 많이 들었다. 우드빌 영지에서 수많은 워킹 앤트 몬스터들을 박멸했다지?"

"그, 그런데?"

별로 듣고 싶지 않은 칭호를 다시 듣게 된 나이젤은 부끄러움이 물밀듯이 밀려들었다.

"유감이지만 나는 믿을 수 없다. 변경 영지의 백부장 따위가 혼돈의 마수들을 때려잡았다고? 그걸 어떻게 믿으라는 말이지?"

카사블랑카는 히죽 웃으며 나이젤을 위에서 내려다봤다.

이번만큼은 명백한 비웃음이었다.

그 말에 나이젤은 기분이 차분히 가라앉았다.

'날 도발할 생각인가? 그렇다면 넘어가 주지.'

카사블랑카의 의도는 뻔했다.

기선 제압을 해서 주도권을 꽉 쥐어 잡으려고 하는 거겠지.

그 사실을 눈치챈 나이젤은 일부러 지금 카사블랑카가 가장 듣고 싶은 말을 툭 내던졌다.

"그래서 뭐 어쩌라고?"

"증명해 보아라. 네 말이 사실이라는 걸. 브로드 도련님의 말이 거짓이 아니라는 걸."

카사블랑카는 나이젤을 향해 진한 미소를 지어 보였다.

그가 나이젤에게 증명해 보이라는 것은 물론 실력이었다.

수많은 워킹 앤트들을 처리하고, 대귀족 팬드래건 백작가에 협상을 걸었으니 그에 걸맞은 실력이 있는지 힘을 보이라는 소리였다.

이곳은 약육강식의 세상이었으니까.

하지만 나이젤은 카사블랑카의 말에 입꼬리를 치켜올렸다.

"내가 왜?"

이번에는 나이젤이 카사블랑카의 제안을 거부하며 웃음을 흘렸다.

"그래. 네가 가진 힘을… 뭐?"

순간 카사블랑카는 당황한 표정으로 나이젤을 바라봤다.

그는 나이젤의 실력을 보기 위해 일부러 비웃음을 보이며 도발했다.

그 덕분인지 나이젤이 도발에 넘어오는 조짐을 보였다.

그래서 당연히 마지막까지 자신의 말에 넘어올 거라 생각하고 나이젤과 한판 벌일 작정이었다.

　브로드의 말대로 나이젤이 정말 믿을 만한 인물인지 아닌지, 판가름하기 위해서.

　그런데 기가 막히게도 마지막 순간에 넘어오지 않는 게 아닌가?

　그리고 나이젤은 재차 말을 이었다.

　"당신도 알고 있겠지? 우리가 왜 당신들을 찾아왔는지."

　"알고 있다. 브로드 도련님의 말에 의하면 아가씨를 구할 약을 찾아주겠다고 했다 하더군."

　카사블랑카는 고개를 끄덕이며 답했다. 그리고 바로 그 때문에 나이젤에 대해 확인을 하려고 한 것이다.

　"하지만 그것을 어떻게 믿지? 네가 사기를 치려고 하는 건지, 아니면 다른 꿍꿍이가 있는지 어떻게 알고? 그것도 노팅힐 같은 변경 영지의 백부장 따위가 말이야."

　"싫으면 말든가."

　"뭐?"

　나이젤의 말에 다시 한번 카사블랑카는 멍한 표정을 지었다.

　"나는 아이리 아가씨의 약을 구해 왔다. 이게 바로 그 증거지."

　나이젤은 허리 뒤춤에 손을 가져다 대는 척하며 까망이의 아공간 보관고에서 엘릭서 포션 병을 꺼내 들었다.

　그림자 은신 망토를 두르고 있었기 때문에 뒤에 있는 사람들도 나이젤이 엘릭서를 정확히 어디서 꺼내는지는 볼 수 없었다.

그리고 엘릭서를 카사블랑카 앞에 흔들어 보이며 나이젤이 입을 열었다.

"감당할 수 있겠나? 내가 이대로 돌아가도?"

나이젤은 작은 미소를 지어 보였다.

카사블랑카는 잘못 생각하고 있었다.

지금 칼자루를 쥐고 있는 인물은 다름 아닌 나이젤이었다.

팬드래건 백작 가문은 아이리를 살리기 위해 다방면으로 알아보고 있는 중이었다.

실제로 브로드가 팬드래건 영지에 머물지 않고 계속 여행하고 있는 이유도 아이리를 치료하기 위함이 컸다.

그러면서 견문을 넓히거나 무사 수행도 함께하고 있지만.

어쨌든 지금 이 상황에서 아쉬움이 큰 쪽은 팬드래건 백작이었다.

"그, 그건……."

그렇기에 카사블랑카는 주저했다. 나이젤의 행동이 자신의 예상을 웃돌았으니까.

설마 도발에 넘어오기는커녕 그냥 돌아가겠다고 할 줄이야.

'끝까지 넘어가 줄 필요는 없지.'

이미 한 번 나이젤은 카사블랑카의 도발에 넘어가 주었다.

그가 가장 원하던 말을 해주었고, 그 결과 카사블랑카는 나이젤에게 증명을 하라는 말을 꺼냈으니까.

하지만 굳이 그에게 증명을 할 필요까지는 없었다.

"내가 그냥 가도 상관없나 보군. 그럼 우린 이만 돌아가겠다."

나이젤은 미련 없이 몸을 돌렸다.

물론 겨우 카사블랑카와의 일로 팬드래건 백작가와 교류를 완전히 끊을 생각은 아니었다.

어디까지나 나이젤의 목적은 팬드래건 백작가와 동맹을 체결하는 것.

바로 그 때문에 팬드래건 백작가의 호감을 사기 위해 아이리를 치료할 엘릭서가 담겨 있는 포션을 가지고 온 것이다.

하지만 그 사실을 카사블랑카가 알고 있을 리 만무할 터.

"비겁하게 도망칠 셈이냐!"

나이젤의 등 뒤에서 카사블랑카의 당황한 목소리가 울려 퍼졌다.

그 말에 나이젤은 헛웃음이 나왔다.

아직 카사블랑카는 상황 파악이 되지 못한 모양이었다.

칼자루를 쥐고 있는 건 그가 아니라 나이젤이라는 걸.

나이젤은 일단 이대로 돌아갈 생각이었다. 그리고 팬드래건 영지의 성채 도시에서 한 며칠 정도 지내다 보면 연락이 올 테지.

그렇게 생각하며 나이젤은 팬드래건 백작가의 저택에서 나가려고 했다.

쿵!

"그 말, 당장 취소하세요!"

그때 카테리나가 창으로 지면을 내려찍으며 소리쳤다.

"리나?"

예상치 못한 카테리나의 행동에 나이젤은 놀란 표정으로 그녀를 바라봤다.

"저도 그냥 듣고 넘어가기 힘들 것 같군요, 카사블랑카 경."

뒤이어 다니엘도 못마땅한 표정을 지으며 앞으로 나섰다.

"다, 다니엘 경?"

'아니, 이 인간들이 갑자기 왜 이래?'

나이젤은 의아한 표정으로 카테리나와 다니엘을 바라봤다.

본래 나이젤의 생각대로라면 지금 여기서 물러나야 했다.

그런데 카테리나와 다니엘이 카사블랑카의 앞을 막아설 줄이야.

"당신은 나이젤 님에 대해 무엇을 알고 있나요? 나이젤 님은 아무것도 아니었던 저를 구해주셨고, 수많은 사람들을 몬스터들로부터 구해주신 분이에요. 절대 비겁한 분이 아니에요."

"그 말대로입니다. 나이젤 백부장님이 아니었다면 우드빌 영지에서 수많은 시민들이 죽었을 겁니다. 우드빌 영지를 구하신 영웅이지요. 그런 분에게 비겁하다니, 당치도 않습니다."

카테리나와 다니엘에게서 서슬 퍼런 기세가 흘러나왔다. 그들에게 나이젤은 생명의 은인이었기 때문이다.

만약 나이젤이 아니었다면 그들은 지금 이 자리에 존재하지 못했었을 수도 있었다.

카테리나의 경우 저스틴에게 끊임없이 괴롭힘을 당하다가 윌버 가문과 함께 카오스 그런트 선발대의 오크들에게 몰살당했을 것이고.

다니엘 또한 우드빌 영지에서 남겨진 병사들과 함께 워킹 앤트들을 상대로 싸우다가 장렬하게 전사했을 테니까.

'이걸 어쩐다?'

나이젤은 앞으로 나서 있는 카테리나와 다니엘의 뒷모습을 바라봤다.

자신을 위해 앞으로 나선 그들에게 뭐라 말하기도 애매했고, 무엇보다 그들에게서 심상치 않은 기세가 흘러나오고 있었기 때문에 말리는 것도 어려워 보였다.

"취소를 하지 못하겠다고 하면 어쩔 거지?"

카사블랑카는 서슬 퍼런 기세로 자신을 노려보는 카테리나와 다니엘을 향해 미소를 지으며 말했다.

나이젤 일행들을 붙잡았다고 생각했으니까.

그리고 카테리나는 카사블랑카의 말에 싸늘한 표정으로 입을 열었다.

"그럼 제가 나이젤 님을 대신해서 증명하도록 하지요."

카테리나는 차가운 얼굴로 카사블랑카를 바라봤다.

그녀는 자신을 욕하는 건 신경 쓰지 않았다.

하지만 누군가가 나이젤을 욕하는 건 용서할 수 없었다.

"네가?"

카사블랑카는 흥미로운 표정을 지었다. 호전적인 그에게 성별 따윈 무의미했다.

요컨대, 상대가 강한지 약한지가 중요할 뿐.

그런 그에게 지금 싸늘한 기세를 내뿜고 있는 카테리나는 제법 실력이 있어 보였다.

"리나."

그때 나이젤이 나직한 목소리로 카테리나를 불렀다.

그러자 그녀는 한 번 움찔거리더니 나이젤을 돌아봤다.

뒤돌아본 그녀의 얼굴 표정은 마치 잘못을 한 어린아이가 혼나기 직전의 모습과 비슷했다.

불과 조금 전 차가운 표정으로 카사블랑카를 노려보던 모습과는 너무나 대조적이었다.

"자신 있어?"

"네!"

나이젤의 말에 카테리나의 얼굴이 확 밝아졌다.

나이젤에게 혼날 줄 알았는데 오히려 인정을 받았기 때문이다.

"나이젤 백부장님, 저도 있습니다만……."

뒤늦게 시무룩한 표정으로 다니엘이 입을 열었다.

그 말에 카테리나는 날카로운 눈으로 다니엘을 쏘아봤다.

"유감스럽겠지만 나이젤 님은 절 선택하셨으니 다니엘 님은 물러나 주세요."

카테리나는 한기가 풀풀 날리는 목소리로 한마디 했다.

그런 그녀의 말에 다니엘은 어깨를 으쓱거리며 나이젤을 바라봤다.

나이젤은 자신을 바라보는 다니엘에게 고개를 절레절레 흔들었다.

그녀에게 맡기라는 제스처였다.

"정말 그녀를 내세울 생각인가?"

"내 명예를 위해서 대신 나서주는데 별수 없지. 따라주는 수밖에."

"흥. 부하에게는 약한 모양인가 보군."

"글쎄?"

나이젤은 시치미를 뗐다.

하지만 어찌 되었든 카사블랑카에게는 좋은 일이었다.

다짜고짜 떠나려고 한 나이젤을 붙잡을 수 있었으니까.

"그보다 설마 당신이 직접 상대를 하려는 건 아니겠지?"

나이젤은 가늘게 뜬 눈으로 카사블랑카를 바라봤다.

카사블랑카는 팬드래건 영지에서 손에 꼽히는 강자들 중 한 명이다.

그에 반해 카테리나는 이제 창을 잡은 지 몇 달 되지 않은 신출내기였다.

아무리 단기간에 강해졌다고는 해도 카사블랑카와 비교할 수는 없었다.

현재 무력만 놓고 보면 카사블랑카는 80 중반 정도 되었으니까.

그에 반해 현재 카테리나의 무력은 이제 70이었다. 무력 15의 차이를 뒤집기란 아무래도 힘들었다.

"물론 아니지. 오크를 잡는 데 드래곤을 잡는 칼을 쓸 수는 없지 않은가?"

"오크?"

카사블랑카의 말에 카테리나가 움찔 몸을 떨었다. 그리고 이내 카테리나에게서 꾹 억누른 차가운 한기가 흘러나오기 시작했다.

그렇게 카테리나가 조용히 차가운 분노를 표출하고 있는 동안, 카사블랑카는 나이젤을 안내한 경비병을 바라보며 입을 열었다.

"가서, 그랑가를 불러와라."

"아, 알겠습니다."

처음부터 끝까지 상황을 지켜본 경비병은 허겁지겁 그랑가라는 인물을 부르기 위해 어디론가 뛰어갔다.

그리고 잠시 후, 20대 후반으로 보이는 한 기사가 왔다.

"무슨 일입니까?"

가벼운 경장 갑주를 입고 온 키가 180이 넘어 보이는 거구의 사내, 그랑가 알폰소.

트리플 킹덤 게임의 오리지널 인물로 아인족인 카사블랑카와 다르게 순수 인간이었다. 그리고 슈테른 제국 남부 지방 출신으로 약간 구릿빛 피부를 가지고 있었다.

'그랑가라……'

나이젤은 흥미로운 표정으로 그랑가를 바라봤다.

가벼운 갑옷을 입고 있는 그랑가는 건장한 체격이었으며, 굳이 몸을 보지 않아도 근육이 잘 발달되어 있다는 사실을 알 수 있었다.

"소개하지. 내 제자 그랑가다."

카사블랑카는 나이젤과 카테리나를 향해 자신만만한 미소를 지어 보였다.

그랑가는 카사블랑카와 마찬가지로 대검을 자유자재로 사용하는 기사였다.

그리고 카사블랑카가 가장 아끼는 수제자이기도 하며 재능도 뛰어났다. 그 덕분에 팬드래건 백작가의 기사가 된 것이다.

"그랑가, 여기 있는 저 여자와 대련해라."

"예?"

갑작스러운 카사블랑카의 말에 그랑가는 눈을 껌벅이며 카테리나를 바라봤다.

그리고 기가 막힌 표정을 지었다.

"아니, 스승님, 지금 저보고 여자와 싸우란 말입니까?"

"어. 왜? 싫냐?"

카사블랑카는 날카로운 눈빛으로 그랑가를 바라봤다. 그러자 그랑가는 당황한 표정으로 재빨리 입을 열었다.

"아니, 그게 아니라 전 저보다 약한 자랑 싸우기 싫어하는 거 아시지 않습니까?"

그랑가 또한 카사블랑카와 마찬가지로 싸우는 걸 좋아한다.

하지만 약자보다 강자와 싸우는 걸 더 즐겼다.

한계까지 자신을 몰아붙이는 강자와의 전투는 피가 끓어오르니까.

그런데 한눈에 봐도 약해 보이는 여자와 싸우라니.

"그리고 싸움보다는 그냥 술 시중이나 드는 게 더 어울려 보이는데……."

그랑가는 카테리나를 위아래로 훑어보며 피식 웃었다.

그 말에 카테리나를 비롯한 나이젤과 다니엘의 눈썹이 꿈틀거렸다.

명백히 카테리나를 우습게 보고 있었으니까.

"카테리나."

나이젤은 나직한 목소리로 카테리나를 불렀다.

"네."

"쟤 좀 밟아줘라."

"네."

나이젤의 말에 카테리나는 무표정한 얼굴로 당연하다는 듯이 답했다. 그랑가의 태도가 마음에 들지 않았으니까.

"저런 말을 듣고도 가만히 있을 셈이냐?"

나이젤과 카테리나의 대화에 카사블랑카는 헛웃음을 흘리며 그랑가를 바라봤다.

'이 기회를 놓칠 수 없지.'

사실 마음 같아서는 자신이 직접 나이젤을 족치고 싶었다.

하지만 능구렁이처럼 자신을 상대하지 않고 돌아가겠다는 나이젤에게 손을 댈 방법이 없었다.

그런 상황에서 카테리나와 다니엘이 앞으로 나서준 덕분에 가까스로 나이젤을 붙잡았다.

거기에 나이젤과 카테리나는 자신과 그랑가를 도발했다.

카사블랑카의 입장에서는 절호의 기회였다.

만약 이대로 나이젤 일행이 돌아가 버리면 브로드에게 까이는 건 카사블랑카였으니까.

그러니 무슨 수를 써서라도 나이젤을 붙잡고, 카테리나를 이겨야 했다.

카사블랑카와 나이젤 둘 다 명예가 걸린 일이었으니 말이다.

"어쩔 수 없군요. 알겠습니다."

그랑가는 피식 웃으며 대련을 승낙했다. 그다지 싸우고 싶지는 않았지만 나이젤과 카테리나의 대화를 듣고도 가만히 있을 수 있을 정도로 성격이 좋지 않았으니까.

"그럼 가볍게 대련하는 걸로 하지."

카사블랑카는 나이젤과 카테리나, 다니엘을 바라보며 의미심장한 미소를 지어 보였다.

*　　　*　　　*

대련 준비는 빠르게 끝났다.

그랑가와 카테리나는 각자 개인 무기를 가지고 서로 마주 봤다.

'생각보다 더 괜찮네?'

그랑가는 자기도 모르게 입꼬리가 자꾸 올라갔다.

처음 카테리나를 봤을 때부터 예쁘다는 생각을 했었지만, 가까이에서 보니 더더욱 마음에 들었기 때문이다.

은빛 머리카락으로 반쯤 가리고 있는 눈처럼 하얀 얼굴과 도도하고 차가운 분위기가 감도는 카테리나의 모습은 그랑가의 마음에 쏙 들었다.

'저런 놈에게는 아까운 여자군.'

"카테리나라고 했나? 내가 이기면 저런 놈은 버리고 나랑 같이 술이라도 한잔하러 가는 건 어때?"

그랑가는 자신만만한 표정으로 카테리나를 바라보며 말했다.

이 세계는 약육강식의 세상.

거의 대부분이 힘의 논리로 돌아간다. 그리고 강자가 전부 다 가지는 세상이기도 하다.

그렇기에 그랑가는 자신만만했다.

자신의 스승은 다름 아닌 대귀족 팬드래건 백작가의 4대 공신 중 한 명이며 소드 익스퍼트 중급의 실력을 가진 기사였으니까.

슈테른 제국에서 익스퍼트 중급 정도 되면 상당한 대우를 받으며 그 영향력 또한 상당한 편이었다.

그리고 그랑가 또한 무력 71인 소드 오러 유저였다.

소드 오러 유저는 익스퍼트처럼 마나를 오러로 구현시키지는 못한다.

하지만 마나를 이용해서 신체를 강화시키거나 강력한 검술 스킬을 사용할 수 있을 정도는 되었다.

"……."

스스스.

그랑가의 말에 카테리나에게서 북풍과도 같은 차가운 한기가 흘러나왔다.

그리고 말없이 창을 빙글빙글 돌리며 몸을 푼 후 그랑가를 향해 겨눴다.

"대답 정도는 하는 게 어때? 어차피 넌 내 여자가 될……."

파앙!

순간 그랑가는 입을 다물며 재빨리 대검을 치켜들면서 방어 태세를 취했다.

그 직후 카테리나의 창이 그랑가의 대검 옆면에 꽂혀 들어갔다.

까앙!

뒤이어 울려 퍼지는 날카로운 쇳소리.

'빠, 빠르다!'

그랑가는 눈살을 찌푸렸다.

조금이라도 대응이 늦었다면 막지 못했을 정도로 빠른 찌르기였다.

"하하, 나름 한 실력 하나 보군."

예상보다 빠른 카테리나의 움직임에 그랑가는 놀랐지만 겉으로 내색해 보이지 않았다.

그리고 방금 전 일격으로 알았다.

'빠르기는 하지만 힘은 없어.'

카테리나의 공격은 가벼웠다.

이 정도 위력이라면 막지 않아도 갑옷으로 버틸 수 있을 정도였다.

그뿐만이 아니라 조금 전에는 방심을 한 탓에 살짝 놀랐을 뿐이었다.

"하지만 이 정도로는 부족하다!"

그랑가는 2미터가 넘는 대검을 가볍게 들어 올렸다. 그리고 그대로 카테리나를 향해 앞으로 달려들며 내려쳤다.

부웅!

카테리나만큼은 아니지만 상당히 빠르며 꽤 큰 위력이 담긴 일격이었다.

하지만 카테리나는 재빠르게 움직이며 뒤로 물러났다.

이윽고 그랑가의 대검이 지면을 강타했다.

쾅!

그 직후, 날카로운 풍압과 함께 지면에서 튄 돌 조각들이 카테리나를 덮쳤다.

B급 공격 스킬, 에어 브레이커.

사실 조금 전 일격은 그랑가의 기술 중 하나였다.

뒤로 몸을 날린 카테리나를 향해 날카로운 돌 조각을 포함한 칼날 같은 풍압이 날아들었다.

아무리 카테리나의 몸놀림이 재빠르다고 해도 피할 수 있을 정도는 아니었다.

그렇다면, 맞부딪칠 수밖에.

날카로운 풍압이 날아들었을 때부터 피하지 못할 거라 직감한 카테리나는 마나를 설창에 집중시키며 내질렀다.

싱글 포인트 콘센트레이션.

스피어 임팩트!

콰앙!

카테리나가 내지른 설창 끝에서 어마어마한 충격파가 터져 나왔다.

그 위력은 그랑가의 에어 브레이커를 넘어설 정도였다.

이윽고 충격파는 에어 브레이커를 집어삼키며 그랑가를 덮쳤다.

"크윽!"

그랑가는 대검으로 충격파를 막았지만 십 미터 가까이 지면을 끌며 뒤로 밀려났다.

그나마 다행인 점은 무릎을 꿇고 쓰러지지는 않았다는 사실이었다.

하지만 경악을 감출 수 없었다.

"마, 말도 안 돼."

아니, 그랑가뿐만이 아니라 카사블랑카도 놀란 표정을 지었다.

카테리나가 어느 정도 실력이 있다는 사실은 알고 있었다.

그렇다고는 해도 연약하고 호리호리하게만 보이던 카테리나가 이런 어마어마한 위력의 기술을 쓸 줄이야!

"나이젤 백부장! 저건 대체 뭔가!"

경악한 얼굴로 카사블랑카는 고개를 옆으로 돌리며 나이젤을 바라봤다.

그 말에 나이젤이 답했다.

"나도 몰라. 뭐야, 저거?"

놀란 건 그랑가나 카사블랑카뿐만이 아니었다.

나이젤 또한 믿기지 않는 표정으로 카테리나를 바라보고 있었다.

지금까지 그녀가 강해졌다는 사실을 알고 있었지만 이런 기술을 선보인 건 처음이었다.

하지만 그녀가 어디서 저런 기술을 배웠는지 짐작 가는 곳이 있었다.

'아니, 라그나 이 양반은 애한테 대체 뭘 가르친 거야?'

카테리나의 창술 스승은 다름 아닌, 세계 최강 용병단 크림슨 미드나이트의 단장 라그나 로드브로크였으니까.

나이젤은 기가 막힌 표정을 지었다.

대체 언제 저런 기술을 익힌 것일까?

방금 전 카테리나가 보인 스피어 임팩트는 창끝에 충격파를 터뜨려 상대를 날려 버리는 기술이었다.

분명 라그나에게 배운 기술이리라.

'언제 저런 위험한 기술을 전수한 건지.'

나이젤은 속으로 혀를 찼다.

스피어 임팩트는 나이젤이 주력으로 사용하는 고유 능력 임팩트(S)의 이를테면 하위 호환인 기술이었다.

그 때문에 그 위험성 또한 나이젤은 잘 알고 있었다.

또한, 기본적으로 임팩트 관련 스킬들은 시전자의 몸에 부담을 많이 준다. 반동이 큰 기술이었기에 나이젤은, 초반에 임팩트를 사용할 때 육체 강화 스킬이나 까망이의 보조 스킬들로 몸을 강화시켜 사용했었다.

물론 카테리나의 스피어 임팩트는 나이젤이 사용하는 임팩트보다 위력이 약한 만큼 반동도 크지 않았다.

그 덕분에 비교적 안전한 편이었다.

하지만 그럼에도 위험하다는 사실에는 변함이 없었다.

임팩트 계열 스킬은 위력이 있는 만큼 위험도 큰 양날의 검과 같은 스킬이니까.

그런데.

키이이이잉!

다시 한번 카테리나의 설창, 스노우 화이트의 끝에서 오러가 집속되기 시작했다.

"설마 연속 공격?"

그 모습을 본 나이젤을 비롯한 주변인들은 놀란 표정을 지었다.

특히 카테리나를 여자라고 우습게 보며 상대하고 있는 그랑가는 믿기지 않는 표정으로 그녀를 바라봤다.

"각오는 되어 있겠죠?"

처음으로 카테리나는 그랑가에게 설창을 겨누며 차가운 목소리로 말했다.

"겨우 이 정도로 기고만장하지 마라!"

그 말에 그랑가는 눈살을 찌푸리며 다시 자세를 잡았다.

그리고 마나를 끌어올렸다.

즈즈즈중.

그러자 그랑가의 대검에서 붉은 열기가 흘러나왔다. 소드 익스퍼트급이 아니었기에 오러를 구현하지 못하고 기운만 흘러나온 것이다.

이글거리듯 타오르는 그랑가의 대검.

팟!

이번에는 그랑가가 먼저 움직였다.

붉은 열기에 감싸인 대검이 카테리나를 향해 쇄도한다.

그랑가의 움직임은 카테리나보다 느렸지만, 덩치에 맞지 않게 상당히 빨랐다. 눈을 세 번 깜빡이는 사이에 수십 미터의 거리를 좁혔으니까.

순식간에 카테리나의 앞에 도달한 그랑가는 그대로 대검을 내려쳤다.

A급 공격 스킬,

히트 웨이브 블레이드!

뜨거운 고열로 상대에게 피해를 주는 기술 열파참(熱波斬), 히트 웨이브 블레이드.

현재 그랑가가 낼 수 있는 전심전력이었다.

그에 맞서 카테리나의 설창에서도 차가운 한기가 흘러나오고 있었다.

마치 하얀 안개가 창에서 피어오르고 있는 듯한 모습.

그 상태에서 카테리나는 설창을 내질렀다.

S급 공격 스킬.

프로즌 임팩트!

잠시 후, 뜨거운 열기를 내뿜는 붉은 대검과 차가운 한기가 흘러나오는 새하얀 설창이 충돌했다.

콰아아아아앙!

그 직후 굉음과 함께 그랑가와 카테리나를 중심으로 어마어마한 수증기 폭발이 일어났다.

뜨거운 열기와 차가운 한기가 맞부딪쳤기 때문이다.

'허……'

나이젤은 놀란 눈으로 자욱하게 피어오르는 수증기를 바라봤다.

스피어 임팩트만 해도 놀라운데 거기서 카테리나는 또다시 새로운 기술을 선보였다. 설창 끝에 오러를 집중할 때까지만 해도 같은 스피어 임팩트인 줄 알았다.

그런데 아니었다.

스피어 임팩트에 얼음 속성을 가미한 공격 스킬을 시전한 것이다.

'진짜로 대체 뭘 가르친 거야?'

나이젤은 속으로 고개를 절레절레 흔들었다.

지금까지 카테리나가 카오스 몬스터들과 싸우는 모습을 가끔 본 적이 있었지만, 이런 기술을 본 건 처음이었다.

아마 카오스 몬스터들을 상대로 했을 때는 굳이 이런 기술을 쓸 필요가 없었거나, 혹은 카오스 그런트 선발대와 전투 후 습득한 모양.

그리고 이런 기술을 가르쳐 줄 사람은 라그나밖에 없었다.

'설마 이렇게까지 강해져 있었을 줄은……'

나이젤은 수하들의 무력을 가끔 확인하긴 했지만, 스킬까지는 보지 않았다.

그 때문에 카테리나가 저런 스킬을 가지고 있다는 사실을 몰랐다.

에피소드 1 미션과 노팅힐 영지 강화를 하기 위해 자기 일에 바빴으니까.

스킬까지는 미처 신경 쓰지 못한 것이다.

"이럴 수가……."

그리고 카사블랑카는 믿기지 않는 표정으로 눈앞을 바라보다가 이내 얼굴을 찌푸렸다.

나이젤 일행이 정말 믿을 만한지 확인하고, 자신의 제자인 그랑가를 통해 가볍게 실력이나 보여줄 참이었다.

그런데 예상외로 카테리나는 뛰어난 실력을 가지고 있었다.

때문에 그랑가와 카테리나의 대결은 큰 소동이 되어버렸다.

이렇게 큰 소동이 생기면 팬드래건 백작이 가만히 있지 않을 터.

그 때문에 카사블랑카의 얼굴은 구겨진 채 펴지지 않았다.

문제는 그뿐만이 아니다.

샤아아.

나이젤을 비롯한 주변 사람들이 그랑가와 카테리나의 전투 상황에 놀라고 있는 사이, 자욱하게 피어올랐던 하얀 수증기가 바람에 밀려 사라졌다.

덕분에 얼마 지나지 않아 전투 결과가 눈앞에 드러났다.

"헉!"

카사블랑카는 주먹을 으스러져라 꽉 움켜쥐었다.

흩어져 가는 수증기의 중심에 단 한 명만이 서 있었다.

다소 왜소한 체격의 인물이 말이다.

"그랑가 님이 지다니……."

옆에서 함께 전투를 구경하던 경비병이 멍한 얼굴로 중얼거렸다.

수증기 폭발 속에서 꼿꼿이 자리에 서 있는 인물은 다름 아닌 카테리나였다. 그리고 믿기지 않게도 그랑가는 카테리나 앞에 쓰러져 있었다.

"내 제자가 졌다고?"

그랑가가 졌다는 사실에 카사블랑카는 눈앞에 캄캄해졌다.

그랑가는 대귀족 팬드래건 백작가의 기사이자, 자신이 아끼는 재능이 넘치는 제자였다.

그런데 노팅힐 영지 같은 변경 영지의 이름도 모르는 여성에게 지다니!

"이건 말도 안 돼."

믿기지 않는 현실에 카사블랑카는 멍한 얼굴로 고개를 숙이며 중얼거렸다.

그 말에 나이젤은 카사블랑카를 향해 피식 웃으며 한마디 던졌다.

"돼. 그녀는 라그나의 제자니까."

"뭐라고?"

카사블랑카는 경악한 표정으로 다시 고개를 치켜들었다.

"라그나의 제자라니? 설마 그 라그나를 말하는 거냐?"

"당신이 생각하는 그 라그나가 맞아."

나이젤은 입꼬리를 치켜올리며 고개를 끄덕였다.

"그런 바보 같은……."

카사블랑카는 믿을 수가 없었다.

그리고 불현듯 한 가지 생각이 머릿속을 스쳐 지나갔다.

'잠깐, 라그나가 그녀의 스승이라는 말은…….'

"노팅힐 영지에 라그나 단장이 있다고?"

카사블랑카는 눈을 부릅뜨며 나이젤을 바라봤다.

그 모습에 나이젤은 말없이 웃으며 고개를 끄덕였다.

"허, 믿을 수가 없군."

카사블랑카는 기가 막혔다.

대체 왜 라그나 단장이나 되는 거물이 변경 영지에 있단 말인가?

그것도 무능하기로 유명한 다리안 영주가 있는 노팅힐 영지에?

"당신이 믿든 안 믿든 상관없어. 라그나 단장이 우리 영지에 있다는 사실은 변함이 없으니까."

"으음."

나이젤의 말에 카사블랑카는 침음을 삼켰다.

라그나 로드브로크가 누군가?

이 세계에서 손에 꼽히는 강자이며, 세계 최강 용병단을 이끄는 단장이었다. 그런 그가 변경의 별 볼 일 없는 영지에 있을 줄이야.

'브로드 도련님의 눈이 정확했다는 말인가?'

도저히 믿을 수 없었지만. 납득할 수밖에 없었다.

카테리나가 그의 제자인 그랑가를 쓰러뜨렸으니까.

지금 그랑가는 정신을 잃은 채 바닥에 쓰러져 있었다.

다행히 크게 다치진 않고 기절한 것 같지만, 어찌 됐든 패배했다.

즉, 카테리나는 나이젤의 명예를 증명한 것이다.

"지금 이건 무슨 일이지?"

그때 나이젤과 카사블랑카의 등 뒤에서 듣기 좋은 음색의 목소리가 들려왔다. 나이젤은 고개를 들려 목소리가 들려온 곳을 바라봤다.

'왔군.'

그곳에 있는 여성을 확인한 나이젤은 희미한 미소를 지었다.

알타이르 팬드래건.

팬드래건 백작가를 이끄는 가주가 저택 현관에서 모습을 드러냈으니까.

"카사블랑카 경의 무례는 대신 사과하지."

팬드래건 백작의 집무실.

그곳에서 알타이르는 고개를 숙이며 나이젤에게 사과의 뜻을 표했다.

"아닙니다."

그녀의 사과에 나이젤은 마주 고개를 숙였다.

'설마 팬드래건 백작이 사과할 줄은 몰랐네.'

나이젤은 속으로 살짝 놀랐다.

슈테른 제국 동부 지역에서 팬드래건 백작가는 상당한 세력을 자랑하는 대귀족이다.

그런데 설마 변경에 있는 남작가의 백부장에게 고개를 숙일 줄이야.

"브로드를 찾아온 손님이니 대우를 해줘야지. 그리고 아이리의 병을 고치겠다고 멀리서 온 손님을 환영해야지 않겠나."

알타이르는 나이젤을 바라보며 쓸쓸한 미소를 지어 보였다.

그녀 또한 하나밖에 없는 딸인 아이리가 정체도 알 수 없는 병에 걸려 하루 종일 침실에 누워 있으니 걱정이 이만저만이 아니었다.

그러던 차에 브로드에게서 연락이 왔다. 변경 영지에서 재미있는 인물을 만났다고 말이다.

그리고 아이리의 병을 고치기 위해 엘릭서를 구해 온다고 하지 않는가?

그녀로서는 고마우면 고맙지 결코 나쁜 일은 아니었다.

그뿐만이 아니다.

'어딘가 모르게 친숙한 느낌이 나.'

알타이르는 눈앞에 있는 청년을 물끄러미 바라봤다.

나이는 이제 20대 중반 정도.

짧은 금발을 가진 나른한 인상으로 얼굴은 꽤 잘생긴 편이었다.

하지만 나이젤 정도의 외모는 어렵지 않게 볼 수 있었다.

다만 단순히 외모를 넘어서 알타이르는 나이젤에게서 무언가 알 수 없는 친숙함이 느껴졌다.

브로드가 느꼈던 것과 마찬가지로 나이젤에게서 아련한 그리움이 느껴졌던 것이다.

[알타이르 팬드래건 백작이 당신에게 호감을 가집니다. 호감도가 5포인트 상승합니다. 현재 그녀의 포인트는 40입니다.]

'흠.'

나이젤은 눈앞에 떠오른 메시지를 확인하며 속으로 미소를 지었다.

브로드 때와 마찬가지로 호감도 상승 메시지가 떠오르면서 알타이르 백작의 눈빛이 부드러워졌다는 사실을 알 수 있었다.

'나쁘지 않군.'

나이젤은 알타이르 백작을 바라봤다.

알타이르 백작의 나이는 최소 40대 이상이다.

하지만 겉모습만 봤을 때는 30대 초반 정도로, 굉장히 동안으로 보였다.

어디 그뿐인가?

허리까지 내려오는 웨이브가 져 있는 보라색 머리카락에 붉은 눈을 가진, 숨이 막힐 것 같은 요염한 분위기가 감도는 굉장한 미인이었다.

어지간한 남자라면 처음 봤을 때 숨이 막힐 정도로 아름다웠다.

'정말 40대가 맞나?'

그녀의 아름다운 외모에 나이젤은 속으로 쓴웃음을 지었다.

알타이르 백작은 가문에서도 가장 용인족의 피를 강하게 이어받은 인물이었다.

그 덕분에 본래 나이보다 젊어 보였으며 상당한 무력의 소유자이기도 했다.

"나이젤 백부장."

"네."

그녀의 부름에 나이젤은 알타이르를 바라봤다.

지금 나이젤과 알타이르는 집무실에서 작은 테이블 하나를 사이에 두고 단둘이 독대 중이었다.

"본론만 말하지. 엘릭서를 구했나?"

아무렇지도 않은 듯 말을 꺼낸 알타이르의 말에 나이젤은 고개를 끄덕였다.

"네. 구해 왔습니다."

"정말 구해 왔다고?"

알타이르의 붉은 보석 같은 눈동자가 놀라움에 살짝 떨렸다.

만병을 치유할 수 있다고 알려져 있는 포션, 엘릭서.

알타이르 백작 또한 구해보려고 백방으로 수소문하며 노력했지만 결국 구하지 못한 영약이었다.

그런데 그것을 구해 왔다고?

만약 정말 눈앞에 있는 청년이 엘릭서를 구해 왔다면,

'붙잡아야 돼.'

알타이르는 부드러운 미소를 지으며 가만히 나이젤을 응시했다.

마치 유혹하듯이 뜨거운 눈빛으로.

Chapter

6

"그럼 엘릭서를 볼 수 있을까?"

"네. 여기에."

알타이르의 말에 나이젤은 가지고 온 작은 가방 안에서 엘릭서를 꺼내 올렸다. 물론 가방에서 꺼내는 시늉만 하며 실제로는 까망이의 아공간 보관고에서 꺼냈다.

"이게 엘릭서?"

알타이르는 떨리는 눈으로 엘릭서를 바라봤다. 눈앞에 있는 포션이 정말 엘릭서라면 자신의 딸인 아이리를 구할 수 있을 터.

'가짜는⋯ 아니겠지.'

한순간 의심이 들었지만 알타이르는 속으로 고개를 저었다.

엘릭서를 꺼내는 나이젤의 표정이 자신만만했으니까.

거기다 이미 그녀는 나이젤과 카사블랑카 사이에 있었던 일을 알고 있었다. 그들은 각자 자신들의 명예를 걸고 대리전을 치렀다.

그리고 그 대리전에서 이긴 사람은 카테리나였다.

즉, 그랑가와 카테리나의 대결에서 나이젤은 자신의 가치를 충분히 증명한 것이다.

그러니 나이젤이 가지고 온 엘릭서가 가짜는 아닐 터.

"정말 엘릭서를 구해 올 줄이야. 능력이 있나 봐?"

"제가 좀."

미소를 지으며 답하는 나이젤의 모습에 알타이르의 미소가 진해졌다.

'탐이 나네.'

어느 영주나 인재 욕심을 가지고 있다.

그건 알타이르도 마찬가지.

특히 팬드래건 백작가에서도 구하지 못했던 엘릭서를 구해 왔으니, 나이젤의 수완은 인정할 수밖에 없었다.

어디 그뿐인가?

아까부터 어딘지 모르게 나이젤이 타인처럼 느껴지지 않았다. 나이젤에게서 친숙한 무언가가 느껴졌다.

'일단 아이리부터 구해야지.'

알타이르는 잠시 자신의 마음을 거두었다. 아이리를 구할 수 있는 열쇠인 엘릭서는 아직 나이젤의 손안에 있었다.

과연 눈앞의 인물이 원하는 것은 무엇일까?

알타이르는 나이젤을 바라보며 입을 열었다.

"그대가 원하는 건 뭐지?"

"노팅힐 남작가와 동맹을 맺길 원합니다."

"동맹이라고?"

나이젤의 말에 알타이르는 살짝 놀란 표정을 지었다.

이미 브로드에게서 나이젤이 무엇을 원하는지 들은 바가 있었다.

하지만 정말 노팅힐 남작가와 동맹 맺기를 원할 줄이야.

"정말 그것뿐인가? 노팅힐 남작가와 우리가 동맹을 맺으면 그대에게 무슨 득이 있지? 그대가 개인적으로 받는 보상이라도 있나?"

알타이르는 놀란 표정으로 반문했다.

자신들과 노팅힐 남작가가 동맹을 맺으면 누가 이득을 볼까?

당연히 노팅힐 남작가가 가장 큰 이득을 보게 된다.

팬드래건 백작가라는 든든한 우방을 가지게 되는 거니까.

당장 이전처럼 다리안 영주가 무능하다고 업신여기며 삥을 뜯는 양아치 같은 귀족들은 사라지게 될 것이다.

그 외에도 이런저런 혜택을 받으며 빠른 속도로 영지를 발전시킬 수 있게 될 터였다.

팬드래건 백작가에서 그만큼의 지원을 할 테니 말이다.

그에 반해 동맹을 맺어도 실질적으로 나이젤이 얻는 건 없어 보였다.

적어도 알타이르의 눈에는 말이다.

"아니요. 없습니다."

나이젤 또한 고개를 흔들며 별다른 보상을 받는 건 없다고 답했다.

"없다고? 그럼 평생 쓰고도 남을 돈은 어떤가?"

"필요 없습니다."

"그럼 우리 영지의 마도 갑주는? 돈으로 가치를 매길 수 없는 상품이지."

"필요 없습니다."

"돈도, 무구도 필요 없다는 말이냐?"

"네."

나이젤의 즉답에 알타이르는 놀라지 않을 수 없었다.

인간이라면 누구나 가지고 싶어 하는 돈도 필요 없고, 기사나 검사라면 손에 넣고 싶어 하는 돈으로도 구하기 힘든 마도 갑주까지 필요 없다니?

"그럼… 여자를 원하는 건가?"

"아무것도 필요 없습니다. 노팅힐 영지와 동맹을 맺는 것 외에는 말이죠."

알타이르의 여러 가지 제안에도 나이젤은 굴하지 않았다.

"노팅힐 남작가와 동맹을 맺은 후 지원을 해주시면 감사하겠습니다."

나이젤의 목적은 다름 아닌 팬드래건 백작가의 지원, 그 자체였다.

팬드래건 백작가의 지원을 받아서 노팅힐 영지를 발전시키는 것이야말로 나이젤에게 있어 가장 큰 보상이나 다름없었다.

그래야 앞으로 있을 군웅할거의 난세에서 살아남을 수 있을 테니까.

어디 그뿐인가?

'당연히 보상이 없는 게 아니지. 미션 보상이 있으니까.'

나이젤은 속으로 미소를 지었다.

'아이리를 구하라'라는 서브 미션 덕분에 2만 7천의 전공 포인트를 보상으로 받을 수 있었다.

'그리고 다른 건 필요 없어.'

솔직히 알타이르의 제안은 매력적이었다. 평생 쓰고도 남을 돈과, 돈으로 구하지 못하는 최상급 마도 갑주라니!

하지만 나이젤에게는 전부 부질없는 것들이었다.

'혼자 쓸 돈이 있으면 뭐 해? 앞으로 군웅할거가 시작되면 의미가 없는데.'

나이젤 혼자 쓸 정도의 돈이면 의미가 없었다. 앞으로 귀족들이 들고 일어나며 시작되는 전쟁 속에서 영지가 살아남기 위해 용병들이나 무장들을 고용하기에는 턱없이 모자를 테니까.

'마도 갑주도 필요 없고.'

마도 갑주, 헤카톤케일이라면 이미 생각해 둔 게 있었다.

그렇기에 따로 받을 필요도 없었다.

'여자는……'

순간 카테리나와 아리아가 머릿속을 스쳐 지나갔지만 곧바로 지웠다.

'다음에.'

지금 당장 나이젤의 목표는 생존이었다.

적어도 먹고살 만하다고 생각할 수 있기 전까지는 여유가 없었다.

당장 두 달도 채 되지 않아서 마족들의 침공이 있지 않은가?

"알겠네. 그럼 내 딸아이를 치료하는 조건으로 노팅힐 남작가와 동맹을 맺는 걸로 계약하도록 하지."

"네."

알타이르의 말에 나이젤은 고개를 끄덕였다.

'역시 호락호락하지는 않군.'

나이젤은 속으로 쓴웃음을 지었다.

다름 아닌 알타이르가 내건 조건 때문에.

엘릭서를 넘기는 조건으로 동맹을 맺는 게 아니라, 아이리의 치료를 조건으로 동맹을 맺자고 했으니까.

엘릭서로 아이리를 치료하면 끝나는 일이었지만, 만약 치료가 되지 않을 가능성도 알타이르가 염두에 두고 있었던 것이다.

"그럼 딸아이를 잘 부탁하네."

"네. 맡겨주십시오."

나이젤은 알타이르의 말에 고개를 끄덕였다. 부탁하는 알타이르의 표정은 자식을 걱정하는 어머니의 얼굴이었으니까.

*　　　*　　　*

알타이르 백작의 집무실에서 이야기를 마무리한 나이젤은 아이리가 지내고 있는 침실로 향했다.

카테리나와 다니엘은 응접실에서 대기 중이었고, 나이젤은 알타이르를 비롯해 그녀를 따르는 시종들과 함께 움직였다.

그리고 얼마 지나지 않아 저택 안쪽에 있는 아이리의 방에 도착해서 안으로 들어갔다.

'크네.'

나이젤은 속으로 혀를 내둘렀다.

역시 부잣집 귀족이라고 해야 할까.

알타이르 백작의 집무실도 다리안 영주 집무실보다 몇 배는 더 컸지만, 아이리의 방 역시 꽤 컸다.

적어도 나이젤이 노팅힐 영지에서 사용하는 백부장 집무실보다 훨씬 더 큰 것 같았다.

"아이리."

방 중앙에 있는 침대를 향해 알타이르는 걱정스러운 얼굴로 다가갔다.

그리고 그 침대에 아이리로 보이는 어린 소녀가 힘이 없는 표정으로 누워 있었다.

나이는 이제 열 살은 되었을까.

알타이르와 같은 목 너머까지 내려오는 긴 보라색 머리카락을 가지고 있었지만 눈동자는 호수 같은 푸른 눈이었다.

하지만 오랜 기간 병을 달고 살아서 그런지 얼굴은 수척해 보였으며 푸른 눈도 그늘져 있었다.

"어머님."

아이리는 침대에 누운 채 알타이르를 향해 애써 웃으며 힘이 없는 목소리로 말했다.

"몸은 어떠냐?"

"괜찮아요."

알타이르의 말에 아이리는 웃으며 답했다.

하지만 말이 무색하게 아이리는 이내 기침을 심하게 해댔다.

그 모습을 알타이르와 팬드래건 백작가의 시종들은 걱정스러운 눈으로 바라봤다.

아직 나이도 어린 아이리가 병 때문에 고통스러워하는 모습이 안쓰러웠으니까.

"저분은?"

그때 아이리가 알타이르 뒤에 서 있던 나이젤을 발견했다.

"노팅힐 영지에서 온 백부장, 나이젤입니다."

나이젤은 고개를 살짝 숙여 보였다.

그러자 아이리의 표정이 밝아졌다.

"아, 브로드 오라버니가 말씀하셨던."

아이리는 반가운 표정을 지었다.

이미 브로드로부터 나이젤에 대한 이야기를 들은 모양.

나이젤은 부드러운 미소를 지으며 아이리를 바라봤다.

그 순간.

[현재 아이리 팬드래건은 중독 상태입니다.]

눈앞에 믿기지 않는 시스템 메시지가 떠올랐다.

'뭐?'

갑작스러운 메시지에 놀란 표정을 지을 뻔한 나이젤은 가까스로 얼굴을 수습했다.

"무슨 문제라도 있나요?"

하지만 완전히 얼굴을 숨길 순 없었는지 아이리가 고개를 갸웃거리며 나이젤을 올려다봤다.

"아니요. 아이리 아가씨가 귀여워서."

"어머, 귀엽다니 기쁘네요."

생각지도 못한 나이젤의 말에 그늘져 있던 아이리의 얼굴에 살짝이나마 웃음꽃이 피어났다.

[아이리 팬드래건이 당신의 말에 굉장히 기뻐합니다! 호감도가 30 상승합니다.]

[현재 아이리의 호감도는 73입니다. 아이리가 당신에게 친근감을 느낍니다.]

'음.'

나이젤은 눈앞에 떠오른 아이리의 호감도 메시지에 속으로 침음을 삼켰다.

설마 자신의 말 한마디에 아이리의 호감도가 대폭 상승할 줄이야.

하지만 그럴 만도 했다.

나이젤에 대한 첫인상은 나쁘지 않았으니까.

아니, 오히려 좋았다.

왜냐하면 이미 브로드로부터 우드빌 영지에서 나이젤이 사람들을 구하기 위해 카오스 몬스터들과 싸운 영웅담을 들은 후였기 때문이다.

거기다 특성 용마지체 덕분에 아이리 또한 브로드와 알타이르처럼 나이젤이 타인 같지 않고 마치 오랫동안 만나온 사람처럼 친숙하게 느껴졌다.

그리고 무엇보다 아이리는 나이젤이 왜 이곳에 왔는지 알고 있었다.

바로 자신이 앓고 있는 정체불명의 병을 고치기 위함이라는 사실을.

그러니 나이젤에 대한 인상이 좋을 수밖에 없었다.

"그럼 잠시만 기다려 주세요."

나이젤은 아이리를 향해 웃으며 말한 후, 가지고 가방 안에서 엘릭서를 찾는 척하며 머릿속을 정리하기 시작했다.

'그러니까 아이리가 중독 상태라고?'

나이젤은 속으로 눈살을 찌푸렸다.

트리플 킹덤 게임에서 아이리는 정체불명의 병 때문에 사망하는 비운의 병약한 소녀였다.

그런데 병이 아니라 중독이라니?

나이젤은 가방을 뒤적거리며 아이리의 상태 정보창을 눈앞에 띄웠다.

[상태이상: 중독(포이즌 드라군).]

독에 내성이 강한 용인족을 중독시킬 수 있는 강력한 독.

중독에 의한 증세를 보이지 않게 하려면, 오랜 기간 천천히 독을 투여해야 한다.

장기간 일정량 이상 독소가 체내에 쌓이게 되면 시름시름 앓다가 기운이 다해 병사(病死)할 수 있다.

'중독이라니……'

아이리의 상태를 보다 자세히 확인한 나이젤은 머리가 아파왔다.

아무래도 게임과 다르게 이 세계에서 아이리는 병이 아니라 독에 중독되어 있는 모양이었다.

아마 그 때문에 치료사들은 아이리의 병명을 알지 못했을 터.

애초에 병에 걸린 게 아니라 중독되어 있는 상태였으니 말이다.

단지 그 증상으로 알 수 없는 병에 걸린 것처럼 쇠약해져 있을 뿐이었다.

'이러면 골치 아파지는데.'

아이리의 상태가 병이 아니라 중독이라면 문제가 생긴다.

'일단 해독 자체는 문제가 아니야.'

아이리가 병에 걸려 있든, 중독되어 있든 그건 상관이 없었다.

왜냐하면 엘릭서는 모든 상태 이상을 치료하는 만병통치약이었으니까.

다만, 문제가 생길 뿐이었다.

아주 치명적인 문제가 팬드래건 백작가 내부에 말이다.

이윽고 얼마 지나지 않아 가방 안에서 엘릭서를 꺼낸 나이젤은 아이리의 방 내부에 있는 사람들을 돌아봤다.

'누가 아이리를 중독시킨 거지?'

아이리가 중독되어 있다는 말은 즉, 팬드래건 백작가의 누군가가 그녀에게 지속적으로 독을 투여하고 있다는 소리였다.

'그리고 포이즌 드라군은 구하기 어려운 독일 텐데……'

트리플 킹덤 게임에서 포이즌 드라군을 사용하는 경우는 드물었다.

포이즌 드라군은 독을 입수하는 것 자체도 굉장히 어려울뿐더러 극독 중 하나지만 장기간 복용시켜야만 그 효과가 드러나는 특이한 독이기 때문이다.

그렇기에 보통 독 내성이 강한 존재에게 장기간 복용시킬 때 사용한다.

하지만 그럴 바에는 차라리 직접 처리하는 편이 더 효율적이었다.

독에 대한 내성이 강한 존재에게 들키지 않고 장기간 포이즌 드라군을 복용시키는 일은 쉽지 않았으니까.

그런데 그걸 아이리에게 투여 중인 인물이 있을 줄이야.

'범인은 분명 백작가의 인물일 테지.'

PK2 버전 트리플 킹덤 게임에서는 아이리를 중독시키거나 혹은 암살 시도를 하는 인물이 등장하지 않는다.

그 때문에 나이젤도 누가 아이리를 중독시켰는지 알 수 없었다.

다만, 팬드래건 백작가에 있는 어느 인물이 오랜 시간을 들여서 아이리를 병사(病死)로 위장해 암살하려고 한다는 사실만큼은 알 수 있었다.

'일단 치료부터 하는 게 낫겠지.'

독과 관련해서는 나중에 알타이르와 따로 이야기할 생각이었다.

지금 이 자리에서 이야기해 봐야 불안감만 조성할 뿐이고, 시종들이 아이리를 독살하려는 인물이 있다는 사실을 알아봐야 좋을 건 없었다.

운 나쁘게 범인의 귀에 누군가 아이리를 독살하려 했다는 이야기가 들어갈지도 모르니 말이다.

그리고 지금은 무엇보다 아이리의 치료가 먼저였다.

가방에서 엘릭서를 꺼낸 나이젤은 아이리를 바라봤다.

아이리 또한 나이젤을 마주 보며 귀엽게 미소를 짓고 있었지만, 오랜 기간 중독된 탓에 몸을 잘 움직이지 못하고 있었고 굉장히 수척해 보였다.

저런 귀여운 소녀를 독살하려는 놈이 있을 줄이야.

'잡히기만 해봐라.'

나이젤은 범인을 잡는 데 가능한 도움을 주기로 마음먹으며, 아이리를 향해 엘릭서를 내밀었다.

"이걸 마시면 기분이 좀 나아질 겁니다."

"이건……?"

아이리는 나이젤이 내민 포션 병을 받아 들었다.

"나이젤 경이 가지고 온 약이란다. 쭉 마시렴."

아이리가 고개를 갸웃거리며 약병을 바라보자 알타이르가 부드러운 미소를 지으며 말했다.

"네."

그에 반해 아이리는 그저 난감하다는 듯 쓴웃음을 지어 보였다.

오늘까지 수많은 약사들과 신관 및 치유사들이 다녀갔다.

하지만 아무도 자신을 치료하지 못했으며, 시름시름 앓고 있는 이유조차 밝혀내지 못했다.

그 때문에 아이리는 나이젤에 대해서도 큰 기대를 하지 않았다.

'기대가 크면 실망도 크니까.'

이미 아이리는 병을 치료하는 걸 반쯤 포기한 상태였다.

지금까지 아무도 자신을 치료하지 못했으니까.

그런데 과연 포션 한 병을 마신다고 병이 치유될 수 있을까?

하지만 자신을 위해 고가의 약을 구해 왔다는 사실 정도는 알고 있었기에 나이젤이나 알타이르에게 미소를 지어 보인 것이다.

그렇지 않으면 눈앞에 있는 사람들이 걱정한다는 사실을 영리한 아이리는 알고 있었다.

하지만 아무리 영리하다고 해도 아이리는 몰랐다.

나이젤이 건네준 약병이 만병통치약이라고 할 수 있는 엘릭서라는 사실을.

호록.

순간 아이리는 놀란 듯 두 눈을 크게 떴다.

"왜, 왜 그러니?"

갑자기 아이리가 움찔거리며 눈을 크게 뜨자 알타이르도 덩달아 놀란 표정을 지었다.

혹시나 아이리가 어디 잘못된 게 아닌지 순간적으로 걱정이 들었기 때문이다.

"딸기 맛이네요."

하지만 이내 아이리는 혀를 감싸오는 부드러운 단맛에 행복한 표정을 지었다.

"딸기 맛?"

엘릭서가 딸기 맛이라니?

한 차례 고개를 갸웃거린 알타이르는 나이젤을 바라봤다.

갑작스러운 그녀의 의아한 시선에도 나이젤은 웃는 얼굴로 답했다.

"서비스입니다."

그러나 웃는 얼굴과 다르게 나이젤 또한 엘릭서가 무슨 맛인지 몰랐다.

마셔보질 않았으니까.

하지만 엘릭서가 딸기 맛이든, 민트 맛이든 무슨 상관인가?

어찌 되었든 아이리만 구할 수 있으면 그걸로 되는 일이었으니까.

그래도 나이젤이 아이리를 배려해 줬다고 팬드래건 백작가의 사람들이 생각해 준다면 좋은 일이었다.

"어, 어머님?"

그때 아이리가 놀란 표정을 지으며 알타이르를 바라봤다.

"몸에서 힘이 나요!"

불과 조금 전만 해도 아이리는 침대에 힘없이 누운 채 나이젤에게서 약병을 받아 마시는 것도 힘겨워했었다.

하지만 지금은 상체를 일으켜서 침대에 앉아 있었다.

"아, 아가씨가 침대에 앉아 계시다니!"

아이리의 방 안에 있던 집사와 메이드들의 얼굴에 감격스러운 표정이 떠올랐다.

고작 열 살밖에 되지 않는 어린 소녀가 다 죽어가는 얼굴로 침대에 누워 있는 모습을 볼 때마다 얼마나 안타까웠던가.

그런데 지금 아이리의 눈빛에 생기가 돌아오고 있었다.

'아가씨의 저런 얼굴을 보는 게 얼마 만인지.'

팬드래건 백작가의 집사장을 맡고 있는 60세 노인, 세바스는 눈시울이 붉어졌다.

아이리가 어렸을 때부터 돌봐왔던 터라, 약 1년 동안 원인 모를 병에 걸리고 나서 힘들어하는 모습을 보기가 괴로웠다.

그랬던 아이리가 1년 만에 다시 생기를 되찾은 모습을 본 세바스는 감격스러웠다.

그리고 그건 다른 팬드래건 백작가의 시종들도 마찬가지였다.

그들 또한 아이리가 어린 나이에 병으로 힘들어하는 모습을 보고 안타까웠으니까.

"정말 고맙습니다."

세바스는 나이젤에게 다가가 고개를 숙였다.

"아가씨를 구해주셔서 정말 감사합니다!"

뒤이어 다른 시종들도 세바스를 따라 고개를 숙이며 감사를 표해왔다.

그들의 행동에서 다들 아이리를 소중히 여기고 있다는 사실을 알 수 있었다.

"나도 감사를 표하지."

이어서 알타이르도 나이젤에게 감사를 표해왔다. 사실 그녀는 반신반의하고 하고 있었다.

만병통치약이라 하는 엘릭서지만, 아이리가 치료될 수 있을지 확신은 하지 못했고, 그저 지푸라기라도 잡는 심정으로 나이젤에게 맡긴 것이다.

그런데 포션을 마시고 아이리가 확실히 건강해지는 모습을 보자 나이젤에 대한 고마움이 밀려왔다.

"가, 감사합니다."

마지막으로 아이리가 고개를 숙였다.

솔직히 마음속으로는 포기하고 있었는데, 나이젤이 다시 희망의 불을 지펴준 것이다.

[팬드래건 백작가의 백작 알타이르의 호감도가 10 상승합니다.]

[팬드래건 백작가의 영애, 아이리의 호감도가 10 상승합니다.]

[팬드래건 백작가의 집사, 세바스의 호감도가 10 상승합니다.]

'여기서 호감도가?'

그리고 나이젤의 시야에 팬드래건 백작가 사람들의 호감도가 상승했다는 메시지가 연이어 떠올랐다.

그뿐만이 아니었다.

[축하합니다! 당신은 아이리 팬드래건을 죽음에서 구하였습니다. 서브 미션 아이리 팬드래건의 치료를 클리어하셨습니다. 보상으로 27,000전공 포인트를 지급합니다.]

[알타이르 백작을 비롯한 팬드래건 백작가 사람들이 당신에게 고마워하고 있습니다. 향후 팬드래건 백작가는 당신의 도움을 외면하지 않고 적극적으로 도움을 줄 것입니다.]

[알타이르 백작과 동맹 체결을 위한 서류를 작성하십시오.]

[축하합니다! 당신은 그 누구도 해내지 못했던 아이리 팬드래건의 건강을 되찾아주는 일에 성공하셨습니다. 팬드래건 백작 영지 내에서 당신의 이름이 널리 퍼집니다. 명성이 300포인트 상승합니다.]

나이젤의 눈앞에 시스템 메시지들이 주르륵 떠올랐다.

'대박!'

메시지들을 빠르게 확인한 나이젤은 흐뭇한 미소를 지었다.

예상외의 보상도 있었기 때문이다.

서브 미션을 클리어하고 받는 보상뿐만이 아니라, 추가적으로 호감도와 명성이 더 올랐으니까.

"도움이 돼서 다행입니다. 그래도 혹시 모르니 상태를 좀 더 지켜보도록 하죠."

나이젤은 작은 미소를 지으며 답했다.

*   *   *

엘릭서를 마신 아이리의 병세는 단숨에 호전됐다.

애초에 아이리는 병에 걸린 게 아니라 포이즌 드라군을 장기간 복용한 탓에 중독된 상태였으니 엘릭서를 마시면서 중독에서 벗어난 것이다.

하지만 오랜 기간 병상에만 누워 있었기 때문에 전체적으로 몸이 약해져 있었다.

그래도 당분간 안정을 취하며 휴식하면 충분히 회복할 터.

'문제는 아이리를 독살시키려고 한 범인이지.'

"그게… 그게 정말인가?"

"네."

"내 딸이 중독되어 있었다니……."

알타이르는 믿기지 않는 표정을 지었다. 원인 모를 병이라고 만 생각했지 설마 독일 거라고는 생각조차 하지 않았다.

팬드래건 백작가는 용인족의 후예였기에 어지간한 독이 아니 면 중독시킬 수 없었으니까.

거기다 포이즌 드라군은 트리플 킹덤 게임에서도 설정상으로 만 나오는 희귀한 독이었다. 그러니 팬드래건 백작가라고 해도 모를 수밖에 없었다.

"그럼 아이리는? 그 아이의 병이 정체불명의 독 때문이라면 완 전히 치료할 수 없는 게 아닌가?"

문득 떠오른 생각에 알타이르는 걱정스러운 표정으로 나이젤 을 바라봤다.

해독을 하기 위해서는 정확한 독의 성분을 알아야 한다.

특히나 포이즌 드라군 같은 특수한 독은 해독 마법도 듣지 않 는다.

하지만.

"그건 걱정하지 않으셔도 됩니다. 엘릭서는 그 어떤 독이라고 해도 전부 해독 가능하니까요. 지금 아이리 아가씨는 완전히 해 독된 상태입니다. 한 며칠 푹 쉬면 회복할 겁니다."

"그런가……."

나이젤의 말에 알타이르는 한시름 놓은 표정으로 의자에 등 을 기댔다.

"문제는 암살자가 누구냐는 거죠."

"음."

알타이르는 침음을 삼켰다.

"우리 가문 내에 암살자가 있다니……."

믿기 어려운 사실이었지만, 알타이르는 나이젤의 말을 믿었다. 지금까지 어떤 차도도 없던 아이리의 병세를 호전시킨 인물이었으니 말이다.

"아마 범인은 둘 중 하나를 선택할 겁니다. 직접 나서서 아이리 아가씨를 해하려고 하든가, 아니면 당분간 조용히 숨어 지내든가."

아이리의 병세가 호전되었다는 사실은 이미 가문 내에 퍼졌다.

범인도 그 사실을 알았을 테고, 더 이상 아이리를 독살하지 못할 거라는 사실도 알게 되었을 것이다.

그렇다면 남은 건 나이젤의 말대로 둘 중 하나였다.

"하지만 범인의 행동을 봐서는 후자일 확률이 높겠죠."

"동의한다. 빠르게 암살할 생각이었다면 장기간 중독시키는 짓은 하지 않았을 테니까."

"네. 후자라는 가정하에 범인의 선택지는 둘 중 하나겠죠."

"지금 이 시점에서 발을 빼든가, 혹은 당분간 상태를 지켜보려고 하겠지."

"네."

나이젤은 고개를 끄덕이며 동의했다.

앞서 알타이르가 말한 대로 범인이 직접 아이리를 노릴 일은 거의 없다고 봐도 무방했다.

그렇다면 남은 건 이대로 도망을 치든가, 아니면 저택에 남아 다시 때가 오기를 기다리든가 둘 중 하나였다.

"아마 바로 발을 빼진 않을 것 같습니다."

"이유는?"

알타이르는 나이젤을 지그시 바라보며 물었다.

그런 그녀에게 나이젤은 웃으며 입을 열었다.

"지금 사라지면 눈에 띄니까요."

암살자로 의심되는 인물들은 다양했다. 저택에서 일하는 시종들부터 시작해서 저택 내에 있는 경비병들까지.

그런데 최근 수일 사이에 일을 그만두고 나가는 인물이 있다면 범인으로 의심받게 되지 않겠는가?

거기다 아무 말도 없이 사라진다면 빼박, 범인이라고밖에 볼 수 없었다.

"놈을 잡으려면 대책을 세워야겠군."

알타이르는 팔짱을 끼며 생각에 잠겼다. 자신의 딸을 독살시키려고 한 범인을 가만히 놔둘 생각은 없었다.

어떻게든 놈을 잡을 생각이었다.

그리고 그녀에게는 조금 전부터 궁금한 사실이 하나 있었다.

"그런데 말이야."

지난번처럼 테이블을 하나 사이에 두고 이야기를 나누던 알타이르가 자리에서 일어났다.

그러더니 나이젤의 바로 옆자리에 앉는 게 아닌가?

그리고 나이젤의 오른팔을 품으로 끌어당기며 달콤한 목소리로 속삭였다.

"그대는 어떻게 아이리가 중독되어 있다는 사실을 알고 있는 거지?"

'올 것이 왔군.'

알타이르의 말에 나이젤은 속으로 쓴웃음을 지었다.

알타이르의 의문은 당연했다.

아무도 아이리가 중독되어 있다는 사실을 모르고 있었다.

그런데 어째서 나이젤은 알고 있었던 것일까?

"그림자 늑대들에 대해 아십니까?"

"그림자 늑대들?"

나이젤의 팔을 품에 안으며 딱 붙어 앉아 있던 알타이르는 딱딱한 표정을 지었다.

이 타이밍에 그림자 늑대라는 말을 듣게 될 줄은 몰랐으니까.

물론 그림자 늑대들에 대해서는 알고 있었다.

팬드래건 영지의 뒷세계에서 활발히 활동하고 있는 정보 조직이었으니 말이다.

그리고 알타이르가 그림자 늑대들에 대해 알고 있는 사실은 기본적으로 정보를 다루며 의뢰에 따라 암살도 한다는 정도였다.

또한, 무엇보다 팬드래건 백작가에서도 그림자 늑대들을 통해 정보를 얻는 경우가 꽤 있었다.

그림자 늑대들은 제국 동부 지역의 정보를 쥐고 있는 단체였으니까.

"그들에 대해서라면 알고 있다. 설마 그들이 아이리를?"

순간 알타이르에게서 살기가 흘러나오기 시작했다.

그림자 늑대들은 필요하다면 암살도 하는 조직이며, 암살자들이 주로 사용하는 도구는 독이었다.

그 때문에 나이젤의 말을 듣고 아이리를 독살하려고 한 범인이 그림자 늑대들과 무슨 연관이 있는 게 아닐까 생각하게 된 것이다.

"설마 그럴 리가요. 아무리 뒷세계 조직이라고 해도 그 정도로 쓰레기는 아닙니다."

알타이르의 터무니없는 오해에 나이젤은 화들짝 놀라며 손사래를 쳤다.

아무리 그림자 늑대들이 뒷세계의 조직이라고 해도 아이리 같은 어린 소녀를 독살시키려고 할 정도로 썩어빠진 조직은 아니었다.

확실히 그림자 늑대들이 암살 의뢰를 받는 건 사실이지만, 그러한 의뢰들은 까다로운 조건을 통과해야 했다.

우선 암살 대상이 여자, 아이, 노약자인 경우와 죄가 없는 일반 성인 남성인 경우는 제외 대상이었다.

즉, 그림자 늑대들이 받는 암살 대상자들은 대부분 범죄자이거나 혹은 악행을 일삼는 극악무도한 쓰레기 같은 존재들이라는 이야기다.

그러니 그림자 늑대들이 아이리를 독살한다는 건 말도 안 되는 소리였다.

"그럼 왜 그들에 대해 물은 거지?"

"제가 그들과 좀 인연이 있어서요. 아델리나와 아는 사이거든

요. 포이즌 드라군에 관한 건 그녀를 통해 이야기를 들은 적이
있습니다."

"아델리나와 아는 사이라고?"

나이젤의 말에 알타이르는 놀란 표정을 지었다.

설마 나이젤이 그림자 늑대들을 이끄는 수장과 아는 사이일
줄이야!

물론 나이젤의 말은 반은 맞고 반은 틀렸다.

아델리나는 그림자 늑대들의 대외적인 수장이었다. 그리고 그
림자 늑대들의 거의 대부분의 실무들은 아델리나의 선에서 결정
된다.

다만, 조직의 중요한 핵심 실무들은 마리사가 결정한다.

실질적으로 그림자 늑대들을 뒤에서 조종하는 인물은 마리사
였으니까.

거기다 어제를 기점으로 그림자 늑대들의 수장은 나이젤로
바뀌었다.

그림자 늑대들이 탄생하는 계기가 된 섀도우 울프킹의 유산
을 얻으면서 그의 정식 계승자가 되었으니 말이다.

그렇기에 나이젤이 실질적으로 그림자 늑대들을 손에 넣었다
고 봐도 무방했다.

그리고 그림자 늑대들이라는 조직 안에서 나이젤에 대한 건
간부들만 알아도 되는 사항이었다.

하지만 그런 사실들을 알타이르가 알 리 없었다.

"변경 영지의 백부장이라고 하기에는 발이 너무 넓은 것 같
은데?"

"제가 좀."

나이젤은 능청스러운 미소를 지었다.

굳이 자신이 그림자 늑대들의 수장이 되었다는 사실을 알려 줄 생각은 없었다.

기존대로 그림자 늑대들은 아델리나와 마리사가 이끌어가면 되니까.

나이젤은 마리사가 그래 왔던 것처럼 정체를 숨기고 그림자 늑대들을 뒤에서 움직일 생각이었다.

"아무튼 아이리 아가씨가 포이즌 드라군에 중독되었다는 사실을 알 수 있었던 건 그림자 늑대들 덕분입니다. 그들과 이런저런 일이 좀 있었거든요."

"으음."

나이젤의 말에 알타이르는 가만히 그를 바라봤다.

여전히 나이젤이 어떻게 아이리의 중독 사실을 알게 되었는지는 의문투성이었다.

하지만 중요한 건, 눈앞에 있는 사내가 그녀의 하나밖에 없는 딸인 아이리를 구해주었다는 사실이었다. 그리고 무엇보다 그는 범인과 연관성이 없어 보였다.

"뭐, 좋아. 그 건에 대해선 더 이상 묻지 않도록 하지. 하지 만……"

나이젤의 옆자리에 앉아 있던 알타이르는 더욱더 몸을 밀착했다.

"내 것이 되지 않겠는가?"

"예?"

갑작스러운 알타이르의 말에 나이젤은 움찔 놀란 표정을 지었다.

그녀에게서 생각지도 못한 말을 들었기 때문이다.

"나는 능력 있는 남자를 좋아하거든."

용인족의 피를 물려받은 그녀는 겉으로 보기에는 30대 초반의 요염한 귀부인이었다.

그런 그녀가 풍만한 가슴을 앞세우며 나이젤의 옆에 앉아 몸을 붙여왔다.

그러자 나이젤의 팔에 부드러운 느낌이 전해짐과 함께 성숙한 여인에게서 아찔한 향과 달콤한 숨결이 느껴졌다.

"그대는 돈도, 무구도 필요 없다고 했었지. 그렇다면 지금 그대가 원하는 것이 있다면 무엇이든 들어줄 용의가 있다만……."

알타이르는 나이젤을 향해 달콤한 목소리를 속삭이며 얼굴을 가까이 가져다 댔다.

"나로서는 불만인가?"

"아니……."

예상치 못한 알타이르의 태도에 나이젤은 당황했다. 설마 알타이르가 이렇게 나올 줄이야.

"제안은 고맙지만, 전 노팅힐 영지에서 나올 생각이 없습니다."

나이젤은 부드러운 목소리로 완곡하게 거절 의사를 보였다.

신화급 불가능 난이도 때문에 노팅힐 영지에서 다른 곳으로 소속을 옮길 수 없었으니까.

또한 지금까지 노팅힐 영지를 키우기 위해 고생한 걸 생각하면 다른 곳으로 옮기고 싶은 생각도 들지 않았다.

"그런가? 그건 유감이군."

나이젤의 말에 알타이르는 깔끔하게 물러섰다.

팬드래건 백작가의 사람으로 만들지 못한 게 아쉬웠지만 앞으로 기회가 없는 건 아니었다.

여전히 나이젤은 탐나는 인재였고 알타이르는 포기할 생각이 없었으니까.

'브로드의 말대로 사위로 받아들이는 것도 생각해 봐야겠군.'

알타이르는 속으로 작은 미소를 지었다. 아이리의 남편감을 찾았다며 호들갑을 떨며 이야기하던 브로드의 모습이 떠올랐기 때문이다.

처음에는 그저 우스갯소리인 줄 알았지만, 지금은 알 수 있었다.

눈앞의 청년에게 그만한 가치가 있다는 사실을 말이다.

"아무튼 아이리 아가씨를 중독시킨 범인을 찾는 건 그림자 늑대들에게 맡기면 좋을 것 같습니다. 정보와 독에 관해서는 그들이 전문가들이니까요."

나이젤은 재빨리 화제를 전환했다.

지금은 알타이르가 몸을 떼며 물러난 것처럼 보였지만 언제 또 팬드래건 백작가에 들어오라고 권유를 할지 몰랐기 때문이다.

"흠."

그리고 나이젤의 의도대로 알타이르는 생각에 잠기는 눈치였다.

지금 팬드래건 백작가에서 최우선적으로 해야 할 일은 아이리를 노린 범인을 색출하는 일이다.

또한, 확실히 그림자 늑대들이라면 누가 아이리를 노리고 있는지 알아낼 수 있을 터였다.

다만.

"그들은 믿을 만한 조직인가?"

사실 팬드래건 백작가와 그림자 늑대들은 서로 접촉이 많지 않았다.

팬드래건 백작가 내에도 자체적으로 정보 조직이 있었다.

그 때문에 진짜 필요한 경우에만 그림자 늑대들에게 아주 가끔 정보를 의뢰한 게 전부였다.

거기다 마지막으로 그들과 연락을 한 지도 벌써 3년이 지난 상황.

그렇기에 그림자 늑대들이 정확히 어떤 상황이고 믿을 만한지 검증되지 않았다.

"그거라면 걱정하지 마십시오. 제 명예를 걸고 보증하겠습니다."

나이젤은 자신만만한 표정을 지었다.

원칙대로라면 보증 같은 건 절대 서지 않지만, 그림자 늑대들에 한해서는 상관없었다.

그림자 늑대들의 실질적인 주인이 나이젤이었으니까.

"그대의 명예인가. 그렇다면 믿을 수 있겠지."

알타이르는 납득한 표정으로 고개를 끄덕였다.

이미 그녀 또한 아이리와 마찬가지로 브로드에게 여러 이야기를 들었다.

특히 우드빌 영지에서의 활약상을 말이다.

"그대는 우드빌 영지를 구한 영웅, 앤트 슬레이어니까."

알타이르는 입가에 미소를 띄우며 나이젤을 바라봤다.

"아니, 그건 좀……."

설마 알타이르 백작에게서도 앤트 슬레이어라는 칭호를 듣게 될 줄이야.

'어째서 부끄러움은 내 몫이지?'

나이젤은 쓴웃음을 지으며 한숨을 내쉬었다.

그때 문득 잊고 있던 생각이 하나 떠올랐다.

"그러고 보니 팬드래건 백작님."

"뭐지?"

"브로드 님은 어디 계십니까? 저택에는 없나요?"

브로드 팬드래건.

우드빌 영지에서 만났을 때, 나이젤은 2차 웨이브에 대비하기 위해 도움을 요청했었다.

하지만 브로드 일행은 노팅힐 영지에 오지 않았다.

아니, 지금까지 연락조차 없었다.

자신은 약속대로 아이리를 구하기 위해 엘릭서를 구해서 늦지 않게 팬드래건 영지에 찾아왔는데도 말이다.

"브로드는……."

순간 알타이르의 얼굴이 어두워졌다.

"무슨 일이 있습니까?"

심상찮은 알타이르의 반응에 나이젤은 정색했다.

"마지막으로 연락이 온 건 한 달 전쯤이다. 그 이후로는 연락이 없더군."

"한 달 동안 말입니까?"

한 달 정도라면, 우드빌 영지에서 브로드 일행과 헤어지고 얼마 되지 않은 시점이었다.

그때부터 연락이 되지 않고 있었을 줄이야.

"길게는 한두 달 연락이 없을 때도 있었다. 하지만 마지막으로 연락했을 때는 보름 안에 연락을 준다고 했었지. 그리고 늦어도 한 달 안에 영지로 돌아오겠다는 이야기도 있었고 말이야."

"그런데 지금도 연락이 되지 않습니까?"

"전서구를 여러 번 날려보았지만 답장이 없더군."

"흠."

알타이르의 말에 나이젤은 생각에 잠겼다. 트리플 킹덤 세계에서 연락은 보통 전서구를 통해서 한다.

그래서 편지를 주고받는 데 며칠 정도 걸린다.

하지만 그 사실을 감안하더라도 브로드에게서 지금까지 연락이 없다는 건 이상한 일이었다.

더욱이 나이젤과 약속까지 한 상황.

그리고 한 달 안에 팬드래건 영지에 돌아오겠다는 이야기가 있었던 걸로 보아서는 나이젤과 만날 계획이었다고 보는 게 타당했다.

'그런데 연락이 없다니 대체 어디서 뭘 하고 있는 거지?'

나이젤은 알타이를 바라보며 재차 입을 열었다.

"그 외에 다른 이야기는 없었습니까?"

그 말에 알타이르는 작은 웃음을 지어 보였다.

"그대에 대한 이야기가 가장 많았다. 근래에 보기 드문 마음에 드는 인물을 만났다고 말이야."

"그렇습니까?"

알타이르의 말에 나이젤은 쓴웃음을 지었다.

아무래도 브로드는 나이젤을 정말 마음에 들어 한 모양이었다.

알타이르에게 편지로 이야기를 많이 할 정도로 말이다.

"그 외에는 그대를 만나러 노팅힐 영지를 방문하겠다는 이야기가 있더군."

역시 브로드는 나이젤의 요청대로 노팅힐 영지에 갈 생각이었던 모양이었다.

그런데 어째서 노팅힐 영지에 오지 않았던 것일까?

"아, 그러고 보니……."

문득 알타이르는 한 가지 기억이 떠올랐다.

"노팅힐 영지에 가기 전에 기간테스 산맥에 들렀다가 간다고 했던 것 같아."

"예?"

순간 나이젤은 멍한 표정을 지었다.

아니, 여기서 기간테스 산맥이?

노팅힐 영지에서 비교적 가까운 위치에 있는 변경 산맥.

하지만 그곳은 마경과도 같이 위험한 장소다.

그리고 거대한 산맥 너머는 탐색조차 하지 않은 미지의 지역이었다.

또한 무엇보다 약 한 달 전 기간테스 산맥의 상황은.

'카오스 그런트 부대들이 모여들고 있을 때잖아?'

나이젤은 자기도 모르게 식은땀이 흘러나왔다.

Chapter

7

한 달 전이라면, 노팅힐 영지를 치기 위해 카오스 그런트 선발대의 몬스터들이 집결하고 있을 때였다.

어쩌면 그때 카오스 몬스터들에게 휘말려 들었을 수도 있었다.

'아니, 기간테스 산맥은 넓지.'

하지만 나이젤은 속으로 고개를 저었다. 기간테스 산맥은 그 자체만으로도 상당히 넓었다.

카오스 그런트 선발대와 마주치지 않았을 가능성도 있었다.

설령 마주쳤다고 해도 브로드 일행의 실력이라면 충분히 도망쳤을 터.

'그래도 연락이 없다는 건 무슨 문제가 생겼다는 건데.'

카오스 그런트 선발대 때문인지, 아니면 다른 이유 때문인지는 모르겠지만 브로드 일행에게 무슨 문제가 터진 건 분명했다.

그렇지 않고서야 지금까지 연락이 없을 리 없었으니까.

그리고 한 가지 궁금함이 생겼다.

"그런데 기간테스 산맥에는 무슨 이유로 간 겁니까?"

"산맥 쪽에 몬스터들의 움직임이 심상치 않다고 하면서 조사하러 간다고 하더군."

"몬스터들이요? 대체 무슨 일이 있다고⋯⋯."

"나도 그 이상은 모른다. 자세한 건 적혀 있지 않았으니까."

고개를 흔들며 대답하는 알타이르의 말에 나이젤은 생각에 잠겼다.

그 시기에 몬스터들의 움직임이 심상치 않다고 하면 역시 카오스 그런트 선발대밖에 생각나지 않았다.

하지만 카오스 그런트 선발대가 주둔하고 있던 기간테스 산맥 구역에 브로드 일행들의 흔적은 없었다.

'카오스 그런트 선발대와 마주쳤다면 분명 흔적이 남아 있었겠지.'

브로드 일행이 가만히 앉아서 당해줄 위인들인가?

그런트 선발대와 충돌했다면 분명 싸웠던 흔적이 남았을 것이다.

그뿐만이 아니다.

불과 며칠 전에 나이젤은 노팅힐 영지와 가까운 기간테스 산맥에서 카오스 그런트 선발대를 괴멸시키면서 지휘관을 포로로 잡았다.

다름 아닌 카오스 그런트 제너럴, 그라드를 말이다.

현재 그라드는 노팅힐 영주성의 지하 감옥에 갇혀 있었다.

나이젤은 그라드를 심문해서 정보를 뽑아내려고 했지만 별다른 소득은 없었다.

만약 브로드 일행이 그런트 선발대에게 붙잡혀 있었다면 그라드가 먼저 말이라도 꺼내봤을 것이다.

브로드 일행들을 방패로 자신을 풀어주라고 요구를 하든가, 아니면 나이젤 일행이 선발대를 괴멸시킬 때 진작에 인질로 썼다든가.

하지만 그라드는 아무런 행동도 취하지 않았다.

그러니 적어도 브로드 일행이 그런트 선발대에게 붙잡히지는 않은 것 같았고, 싸운 흔적도 없으니 아마 마주치지 않았다고 보는 게 타당했다.

"알겠습니다. 그럼 제가 한번 브로드 님을 찾아보도록 하지요."

"그대가?"

"예. 이제 서로 동맹 맺을 관계인데 이 정도는 해드려야 하지 않겠습니까?"

놀란 얼굴로 반문하는 알타이르에게 나이젤은 웃으며 답해주었다.

브로드 팬드래건은 삼국지로 치면 손책에 해당하는 인물.

삼국지에서처럼 브로드 또한 알타이르의 뒤를 이어 제국 동부 지역을 평정하고 브리트니아 왕국을 건국하는 중요한 역할을 가지고 있었다.

그런 그와 가까운 사이가 된다면 나쁠 건 없었다.

여러모로 나이젤에게 도움이 되어줄 인물이었으니까.

"그래 준다면 나야 고맙지. 또 신세를 지겠군."

알타이르는 미소를 지었다.

보면 볼수록 눈앞에 있는 사내가 마음에 들었다.

하나밖에 없는 딸의 목숨을 구해준 데다가, 연락이 끊긴 아들을 찾아주겠다고까지 하고 있었으니까.

알타이르는 나이젤에게 은근한 눈길을 보내며 달콤한 목소리로 말했다.

"정말 내 것이 될 생각이 없나?"

"마음만 받겠습니다."

"어쩔 수 없군."

단호한 나이젤의 대답에 알타이르는 아쉬운 표정을 지으며 물러났다.

'오늘만 날이 아니지.'

알타이르는 붉은 입술을 혀로 핥았다. 기회가 되면 계속 나이젤을 팬드래건 백작가로 끌어들일 생각이었다.

하지만 오늘은 이제 물러날 때.

"그럼 일단 아이리 아가씨 일부터 먼저 시작해 볼까요?"

아쉬운 표정으로 물러나는 알타이르를 바라보며 나이젤은 안도의 미소를 지으며 말했다.

*　　　　*　　　　*

팬드래건 백작가에서 나이젤은 만족스러운 성과를 얻었다.

계획대로 아이리를 엘릭서로 치유하고 팬드래건 백작가와 동맹 관계를 이루어냈으니까.

중간중간에 알타이르가 뜨거운 눈빛을 보내며 나이젤에게 개인적인 러브 콜을 보내와서 부담스러운 점만 빼면 거의 완벽했다.

'옮길 수 있었으면 나도 진작에 옮겼지. 근데 이제 와서 옮기는 건 좀……'

나이젤은 쓴웃음을 지었다.

에픽 미션의 신화 등급 불가능 난이도 때문에 노팅힐 영지 이외에는 소속을 옮길 수 없었으니까.

아쉽긴 하지만 노팅힐 영지를 부강하게 키우면 될 일이었다.

그리고 지금까지 노팅힐 영지를 키우기 위해 많은 노력을 기울였다.

그런데 이제 와서 다른 영지로 옮기는 건 그리 탐탁지 않았다.

'자유롭게 움직이려면 오히려 노팅힐 영지가 낫기도 하고.'

노팅힐 영지가 아닌 다른 귀족 진영에 있었다면 지금처럼 나이젤이 마음대로 행동하지 못할 것이다.

아무리 전공을 세우고 지위가 높아져도 노팅힐 영지만큼 파격적인 대우를 받지 못했을 테니까.

우유부단한 성격인 다리안 영주가 나이젤에게 편의를 봐주었기에 가능한 일이었다.

'그렇다고 굳이 내가 영주가 될 필요는 없지.'

나이젤의 목적은 앞으로 시작될 군웅할거의 난세에서 생존하는 것.

지금 당장만 해도 나이젤은 부족함도 없고, 불편함도 없었다.

즉, 자신의 목적을 향해 마음대로 행동할 수 있는 자유가 보장되어 있다는 소리였다.

하지만 다른 영지에 소속 되거나, 영주가 되면 이러한 자유에 제약이 걸릴 수 있었다.

그렇기에 지금은 자유롭게 움직이며 미래를 대비할 생각이었다.

그렇게 생각한다면 노팅힐 영지는 나이젤에게 좋은 무대였다.

'일단은 누가 아이리를 노리고 있는지 알아내야겠지.'

"그래서 네 도움이 필요하다, 마리사 그란디스."

나이젤은 미소를 지으며 눈앞에 있는 소녀를 바라봤다.

"아니, 갑자기 그런 말을 하셔도 곤란한데요……."

나이젤 앞에서 난처한 미소를 짓고 있는 아인족 소녀.

은빛 털이 빛나는 늑대 귀를 파닥거리고, 은빛 늑대 꼬리가 축 처져 있는 미샤는 곤란한 표정으로 나이젤을 바라봤다.

"뭐가 문제지? 너희들이라면 충분히 범인을 알아낼 수 있을 텐데?"

"그야 그렇지만 갑자기 팬드래건 백작가에 들어가라고 하면 어떡해요?"

미샤는 한숨을 폭 내셨다.

아직 미샤와 아델리나는 외부에서 울프킹의 계승자가 나타났다는 사실의 충격이 완전히 가시지 않은 상황이었다.

그런데 하루 만에 다시 나타나서는 뜬금없이 팬드래건 백작가에 들어가라니?

"알타이르 백작님과 이야기 다 해놨어. 백작가에 메이드로 들어가라, 미샤."

"예? 제가요?"

나이젤의 말에 미샤는 늑대 귀와 꼬리를 치켜들면서 놀란 표정을 지었다.

지금 자신보고 팬드래건 백작가의 메이드로 잠입하라는 말이었으니까.

"왜 문제 있나?"

"문제라면 많이 있지!"

그때 뒤에서 나이젤과 미샤의 대화를 듣고 있던 아델리나가 앞으로 나섰다.

"미샤는 조직에서 중요한 인물이다. 그녀를 위험에 빠지게 하는 일은 할 수 없다."

아델리나는 미샤의 등 뒤에서 품에 꼭 끌어안으며 나이젤을 노려봤다.

그런 그녀에게 나이젤은 씩 웃으며 입을 열었다.

"그건 걱정하지 않아도 돼. 미샤의 안전은 알타이르 백작이 반드시 보장해 주겠다고 약속해 주었으니까. 그리고 너는 보고 싶지 않아? 메이드복 차림의 미샤를."

흠칫!

나이젤의 말에 미샤를 등 뒤에서 안고 있던 아델리나의 얼굴에 번뇌가 스쳐 지나갔다.

그녀에게 있어 미샤는 소중한 존재였다. 그 때문에 미샤의 그림자가 되어 위험할 수도 있는 그림자 늑대들의 대외적인 수장이 된 것이다.

귀엽고 소중한 미샤를 지키기 위해.

"미샤의 안전을 보장할 수 있나?"

"물론이지. 알타이르 백작님이 명예를 걸고 약속해 줬거든. 협력자의 안전은 팬드래건 백작가의 명예를 걸고 보장해 주겠다고 말이야."

"그럼 어쩔 수 없군."

"어? 리나?"

나이젤의 말에 물러서는 아델리나의 행동에 미샤는 당황한 표정을 지었다.

유일한 버팀목이었던 아델리나가 손을 놓고 물러나 버렸기 때문이다.

"조직을 위해서야, 미샤. 절대 너의 메이드복을 보고 싶어서가 아니라."

"하……."

미샤는 고개를 흔들며 한숨을 내쉬었다.

설마 믿고 있던 아델리나가 메이드복이라는 말에 홀라당 넘어갈 줄이야.

하지만 이해를 못 할 정도는 아니었다. 다른 누구도 아닌 슈테른 제국의 대귀족, 팬드래건 백작가를 이끄는 알타이르가 명예를 걸고 지켜준다고 했으니까.

귀족들은 명예를 목숨보다 중요하게 여기는 존재들이니 말이다.

"그래서 저한테 범인을 찾아달라는 말인가요?"

"그래. 아이리 아가씨의 직속 메이드가 되어서 범인을 찾아줬으면 해. 너라면 어렵지 않겠지."

"그야 뭐 그렇죠."

나이젤의 말에 미샤는 늑대 같은 미소를 지어 보였다.

나이젤이 나타나기 전까지만 해도, 그녀는 그림자 늑대들을 이끄는 실질적인 리더였다.

당연히 다양한 정보들은 물론 독에 대해서도 박식했다.

또한 무엇보다 그녀는 늑대족이었다.

그 덕분에 코가 좋았다.

무향, 무취, 무미라고 해도 그녀의 코를 속일 수 없었다. 그리고 그녀의 코는 단순히 냄새만 판별하지 않는다.

"제 앞에서는 누구도 거짓을 말할 수 없으니까요."

마리사 그란디스.

그녀가 지금까지 그림자 늑대들을 뒤에서 이끌 수 있었던 이유는 다름아닌 그녀가 지닌 고유 능력 덕분이었다.

고유 능력, 퍼퓨머(Perfumer).

마리사가 가지고 있는 고유 능력들 중 하나로 S급이다.

능력은 상대의 냄새를 맡고 심리 상태를 판별할 수 있다.

두려워하고 있는지, 불안해하고 있는지, 긴장하고 있는지 등등.

상대의 심리 상태를 분석해서 거짓말을 하고 있는지 아닌지 파악할 수 있기에, 심문하는 데 탁월한 능력이었다.

그리고 이 능력 덕분에 미샤는 울프킹의 계승자라고 자신을 소개한 나이젤의 말을 믿었다.

여러 다양한 증거를 들이밀고, 거기에 자신의 고유 능력으로 나이젤이 거짓말을 하고 있지 않다는 사실을 알 수 있었으니까.

"팬드래건 백작가에서 정식으로 의뢰를 할 생각이야. 내 개인적으로도 범인이 누구인지 찾아내 줬으면 좋겠어."

"의외로 열정적이시네요. 범인이 중요한 인물인가요?"

"아니, 놈이 중요한 건 아니야. 단지 용서할 수가 없을 뿐이지."

나이젤은 아이리와 처음 만났을 때를 떠올렸다.

아직 열 살밖에 되지 않았는데 병 때문에 애처로워 보였다.

몸에 힘이 없어서 1년 가까이 아무것도 없는 큰 방에서 혼자 덩그러니 누워서 지냈다.

그 때문에 굉장히 초췌해 보이는 인상이었다.

그런데 병 때문인 줄로만 알았건만, 알고 보니 누군가가 고의적으로 아이리를 장기간에 걸쳐서 독살시키려고 했다는 사실을 알았다.

아무리 트리플 킹덤의 세계가 목숨을 가볍게 여기는 난세의 세상이라고 해도 어린아이를 고통스럽게 독살시키려고 한 범인은 용서할 수 없었다.

나이젤의 기준에서 최소한의 선을 넘은 것이다.

마찬가지로 어린 고아들을 잔혹하게 희생시킨 황색단 조직도 과격하게 괴멸시켰다.

"어린아이를 건드리는 놈은 죄다 붙잡아서 대가를 치르게 해 줘야지."

나이젤은 이를 갈며 말했다.

아이들은 단지 어리다는 이유만으로도 보호받아야 할 존재였다.

왜냐하면 아이들이야말로 미래이니까.

그렇기에 어른들의 교육이 굉장히 중요한 것이다.

"거짓말을 하고 있는 건 아니네요."

나이젤의 말에 미샤는 작은 미소를 지어 보였다.

"의뢰를 받아들이겠습니다."

그렇게 미샤는 나이젤의 말에 따라 팬드래건 백작가의 메이드가 되기로 했다.

남은 건, 누가 아이리를 노렸는지 범인을 붙잡아 대가를 치르게 해주는 것뿐.

"그리고 너한테 선물할 게 있어."

"저한테 선물요?"

선물이라는 말에 미샤는 늑대 귀가 파닥거리고 꼬리가 자기도 모르게 좌우로 살랑거렸다. 무려 울프킹의 계승자가 선물을 준다고 하는 게 아닌가?

기대가 되지 않을 수 없었다.

뀨.

나이젤의 그림자 속에서 마지막으로 남아 있던 까망이의 분신체가 모습을 드러냈다.

"이, 이 아이는 설마?"

미샤와 아델리나는 놀란 표정을 지었다. 그녀들은 이미 나이트 울프로 진화한 까망이를 본 적이 있었다.

까망이의 모습은 그녀들이 나이젤을 더욱 믿는 계기가 되었다.

마치 섀도우 울프킹이 전성기 시절 데리고 다녔다는 검은 늑대 같았으니까.

그리고 지금 모습을 드러낸 분신체는 까망이와 흡사하면서도 어려 보였다.

"까망이의 분신체야. 이 아이는 너한테 맡길게."

"이 아이를 말인가요?"

미샤는 눈을 깜박이며 분신체를 바라봤다. 까망이의 어린 시절과 판박이라 굉장히 귀여웠다.

그리고 아직 어린 강아지의 모습이기는 해도 까망이와 마찬가지로 그림자 차원의 생명체다.

자유롭게 그림자 속을 왔다 갔다 할 수 있었다.

뀨? 뀨뀨!

분신체는 그림자 형태로 미샤의 발밑을 맴돌기도 하고, 귀여운 강아지의 모습으로 실체화해서 몸을 비비기도 했다.

특히 실체화한 경우에는 검은 털을 가진 강아지와 다를 바 없기에 굉장히 귀여웠다.

"귀여워……."

미샤는 넋이 나간 듯한 얼굴로 분신체를 안아 들었다.

뀨우! 뀨…….

그러자 분신체는 미샤의 손안에서 버둥거리다가 얌전해졌다.

"둘이 서로 마음에 들었나 보네."

그 모습을 나이젤은 흐뭇한 미소를 지으며 바라봤다.

아무래도 미샤와 분신체는 같은 개과에 가까운 종족이었기에 서로 통하는 면이 있는 모양이었다.

"정말 이 아이를 저한테 주시는 건가요?"

"응. 잘 길러주었으면 좋겠어. 분신체는 까망이의 동생과도 같으니까 말이야."

"네!"

나이젤의 말에 미샤는 기쁜 표정을 지었다.

"일단 이름부터 먼저 지어줘."

"이름이요? 음……."

나이젤의 말에 미샤는 생각에 잠겼다.

하지만 얼마 지나지 않아 늑대 같은 미소를 지으며 입을 열었다.

"이 아이의 이름은 라이, 라이로 할게요."

"라이?"

"네!"

"좋은 이름이네."

미샤의 말에 나이젤은 고개를 끄덕였다. 라이, 라는 이름이 입에 착 감겼으니까.

[두 번째 분신체의 이름이 정해졌습니다. 분신체의 이름은 라이입니다. 소유자가 원하는 모습으로 분신체가 변화합니다.]

파앗!

이전 카테리나와 아리아 때와 마찬가지로 미샤가 분신체의 이름을 짓자 하얀빛이 터져 나왔다.

잠시 후, 하얀빛이 사라지면서 분신체, 라이가 모습을 드러냈다.

끄앙!

"많이 변하진 않았네?"

하얀빛 속에서 모습을 드러낸 라이는 이름이 없던 분신체의 모습과 크게 달라지지 않았다.

털색도 알비나와 아모레의 하얀색이 아니라 검은색 그대로였다.

다만 외형만 조금 달라졌다.

귀여운 강아지에서 좀 더 늑대다워진 것이다.

'외형보다는 안이 더 바뀌었겠지.'

분신체들은 주인이 생기면 성장한다.

그리고 이름을 지어준 주인들에게 도움이 될 스킬들이 생겨난다.

라이 또한 마찬가지였다.

아직 확인을 하진 않았지만, 분명 미샤에게 도움이 될 능력들이 생겨나 있을 것이다.

"그럼 라이를 잘 부탁할게."

"네. 이 아이는 저한테 맡겨주세요."

나이젤의 말에 미샤는 밝은 미소로 화답했다.

*　　　　*　　　　*

다음 날.

나이젤은 카테리나와 다니엘을 데리고 팬드래건 백작가를 나섰다.

이제 팬드래건 백작가의 영지에서 해야 할 일은 다 끝났다. 당초 목적대로 아이리를 치료하고 동맹을 맺었으니까.

'사실 더 큰 수확은 그림자 늑대들이지.'

본래 나이젤은 그림자 늑대들과 접촉해서 협력관계만 되어도 성공이라고 생각했다.

그런데 울프킹의 무덤에서 예상외의 수확을 얻었다.

새도우 울프킹의 계승자가 된 것이다. 덕분에 그림자 늑대들까지 수하로 두게 되었다.

나이젤 입장에서는 이득이 아닐 수 없었다.

'아이리를 중독시킨 범인이 걱정이긴 한데 미샤한테 맡겨두면 되겠지.'

갑작스러운 일이었지만 미샤는 나이젤의 명령을 따라주었다.

그리고 장기간에 걸쳐 그림자 늑대의 조직원들을 위장 잠입시키기로 했다.

어차피 나이젤도 바로 범인을 찾을 거라고는 기대하지 않았다.

상대는 대담하게도 팬드래건 백작가 안에서 아이리를 오랜 기간 중독시켜서 암살하려고 했던 인물이었으니까.

지금까지 아무도 모르게 아이리를 중독시켜 온 놈이었다.

상당한 인내심과 남을 속이는 데 천부적인 소질을 가지고 있는 놈일 터.

'그렇다고 내가 잡기에는 시간이 부족해.'

사실 나이젤이 가진 상대의 정보를 파악하는 시스템 능력과,

상대의 감정 상태를 파악하는 용안이라면 범인을 찾아낼 수 있었다.

그리고 이미 나이젤은 저택 내부의 사람들을 쭉 둘러보며 확인을 마쳤다.

분명 범인이라면 암살이나 독과 관련된 능력을 가졌거나, 혹은 아이리가 회복되었다는 사실에 감정의 흔들림이 있을 거라 생각했으니까.

하지만 놈은 걸려들지 않았다.

아무래도 프로 암살자인 모양이었다.

숙련된 암살자라면 감정을 잘 드러내지 않을 테니 말이다.

거기다 상대는 직접적인 무력을 앞세우기보다는 독을 전문으로 다루는 포이즌 어새신인 것 같았다.

팬드래건 백작가에 고용되어 일하고 있는 일반 시종들 중에서 특출나게 무력 수치가 높은 인물은 없었으니까.

'시간만 넉넉하면 내가 잡을 텐데.'

나이젤이 팬드래건 영지에 남아서 범인을 찾을 수는 없었다.

언제 놈이 꼬리를 드러낼지 알 수 없는 데다가, 노팅힐 영지를 노리는 마족들이 쳐들어오기까지 이제 한 달 남짓 남았을 뿐이었다.

그 외에도 다른 귀족들과 동맹을 맺기 위해 돌아다닐 생각이었지만 아무래도 미뤄둬야 할 것 같았다.

기간테스 산맥 어딘가에 있을 브로드 일행들을 찾아야 하니.

'다른 중소 귀족보다는 팬드래건 백작가에게 확실히 빚을 지

워두는 편이 낫지.'

팬드래건 백작가는 제국 동부 지역에서 대귀족으로 통하는 세력가다.

어지간한 중소 귀족과는 비교도 안 되는 세력이며, 그걸 차치하더라도 팬드래건 백작가와 연결되어 있는 귀족들이 상당히 많았다.

그러니 아이리에 이어서 언젠가 팬드래건 백작가를 짊어질 브로드에게 빚을 지워두는 편이 나았다.

'그리고 미샤라면 충분히 범인을 잡아낼 테고 말이야.'

시간은 좀 걸리겠지만, 미샤와 그림자 늑대들, 그리고 까망이의 분신체 중 하나인 라이라면 충분히 범인을 잡아낼 수 있을 것이다.

"나이젤님, 이제 어디로 가나요?"

팬드래건 백작가의 저택에서 나서자 카테리나가 질문해 왔다.

"일단 영지로 돌아갈 생각이야."

"네? 벌써 노팅힐 영지로 돌아갈 생각이십니까?"

나이젤의 대답에 다니엘이 놀란 표정으로 반문해 왔다.

"그러고 보니 아직 이야기 안 했던가? 기간테스 산맥에서 조난 당한 브로드 공자를 찾기로 했거든."

"브로드 님들이 조난당했다고요?"

"어."

팬드래건 백작가의 저택에서 나온 후, 인적이 드문 거리에서 나이젤은 조용히 카테리나와 다니엘에게 브로드와 관련된 자초지종을 설명해 주었다.

팬드래건 백작가의 후계자가 기간테스 산맥에서 연락이 끊겼다는 소식은 알려져서 좋을 게 없었다.

그 사실 때문에 팬드래건 백작 가문의 사람들이 불안해하거나 걱정할 테니 말이다.

그리고 팬드래건 백작가와 적대하는 귀족들이 수작질을 부려 올 수 있었다.

그랬기에 굳이 저택 안에서 카테리나와 다니엘에게는 말해주지 않았던 것이다.

또한, 알타이르도 비밀리에 수색대를 꾸려서 브로드 일행을 찾기로 했다.

나이젤이 도와주기로 했어도 기간테스 산맥은 상당히 넓은 장소였으니까.

"그런 일이 있는 줄은 몰랐네요. 어쩐지 저희 영지에 오시질 않더라니⋯⋯."

나이젤의 설명에 카테리나와 다니엘은 고개를 끄덕이며 납득했다.

그들 또한 브로드 일행이 노팅힐 영지에 오기로 한 사실을 알고 있었다.

그런데 카오스 그런트 선발대와 전투를 벌일 때까지 브로드 일행이 오지 않았던 의문이 드디어 풀린 것이다.

"그래서 일단 영지로 돌아가려고. 브로드 공자 일행을 찾으려면 어느 정도 준비가 필요하니 말이야."

그리고 무엇보다 노팅힐 영지에 있는 그랜드 공방장인 울라프와 만날 생각이었다.

'울라프한테 부탁할 것도 있으니까.'

울프킹의 무덤에서 마지막으로 묘비석에서 튀어나온 유산.

그건 나이젤이 손에 넣었던 그 어떤 유산들보다 가치가 있었다.

전성기 시절 울프킹이 강자로 군림하는 데 큰 역할을 한 유산 중 하나였으니까.

하지만 유감스럽게도 스킬북이나 은신 망토처럼 당장 사용할 수 있는 물건이 아니었다.

적어도 약 2~3일 정도 장인의 손을 거쳐야 사용할 수 있었다.

"그럼 가볼까?"

"네!"

그렇게 나이젤은 노팅힐 영지로 복귀했다.

*　　　　*　　　　*

그 무렵.

쏴아아아.

어두운 산속에서 소나기가 쏟아져 내린다.

"모두 조금만 버텨!"

세차게 쏟아지는 빗줄기 속에서 한 사내가 소리쳤다.

금색 단발에 붉은 눈을 가진 사내.

그는 다름 아닌 브로드 팬드래건이었다. 그리고 브로드를 선두로 네 명이 필사적으로 산속을 내달리고 있었다.

콰콰콰콰콰!

그뿐만이 아니다.

그들 뒤로 정체를 알 수 없는 시커먼 무언가가 거대한 나무들을 쓰러뜨리며 돌진해 오고 있는 중이었다.

'설마 저런 괴물이 있을 줄은……'

브로드는 이를 악물었다.

기간테스 산맥에서 마수들의 움직임이 이상하다는 이야기를 들었다.

그래서 조사를 할 겸 기간테스 산맥에 왔다. 당초 목적지인 노팅힐 영지와 멀지 않았으니까.

만약 위험한 마수들이 있다면 노팅힐 영지에 피해를 줄 수 있기에 미리 처리할 생각이었다.

하지만.

크허엉!

콰앙!

브로드 일행의 등 뒤에서 괴성과 함께 지면이 솟구쳐 오르며 폭발이 일어났다.

쏟아지는 빗줄기를 역류하며 흙과 돌들이 치솟았다가 이내 지면에 떨어져 내렸다.

"괴물……."

그 모습을 힐끔 뒤돌아본 브로드 일행은 이를 악물었다.

브로드 일행은 평균 무력 80 이상의 강자들이었다.

하지만 지금 그들의 등 뒤에서 위협하고 있는 존재는 규격 외였다.

브로드 일행이 도망쳐야 할 정도로.

"앗!"

순간 비탈길을 뛰어내리던 에이미가 발을 헛디디며 쓰러졌다.

가뜩이나 빗물이 흘러내리는 데다가, 조금 전 등 뒤에서 치솟아 올랐던 흙과 돌들이 비탈길을 타고 흘러내렸기 때문이다.

"⋯⋯!"

그 모습을 본 일행들의 얼굴은 흙빛이 되었다.

벌써 며칠째 놈에게 쫓기고 있는 중이었다.

그 때문에 이미 그들은 지칠 대로 지쳐 있었다.

그런 상황에서 넘어진 에이미가 다시 일어나 도망치기에는 시간이 촉박했다.

그들을 뒤쫓고 있는 놈이 이런 기회를 놓칠 리 없었으니까.

하지만 기회가 찾아온 건 뒤쫓고 있는 놈뿐만이 아니었다.

팟!

브로드는 재빨리 에이미를 향해 몸을 날렸다. 그리고 바닥에 쓰러진 에이미를 낚아채며 빠르게 옆으로 굴렀다.

그 뒤를 나머지 일행들도 따랐다.

길을 벗어나 옆으로 빠진 그들은 재빠르게 커다란 나무 밑으로 몸을 숨겼다.

에이미가 쓰러졌을 때, 브로드가 일행들이 숨을 만한 커다란 나무를 발견한 것이다.

"⋯⋯."

그곳에 몸을 숨긴 일행은 숨소리조차 내지 않았다.

자신들을 뒤쫓고 있는 놈에게 들키는 순간, 남은 건 죽음뿐이니까.

하지만…….

쿵. 쿵.

크르르르르.

빗소리를 뚫고 육중한 발소리와 함께 낮은 괴성이 그들을 향해 점점 다가왔다.

"……!"

브로드 일행은 손으로 입을 막고 숨죽였다. 숨소리라도 냈다간 놈에게 들킬 것 같았으니까.

쿵쿵.

점점 놈의 기척이 가까워졌다.

일행들의 얼굴에서 긴장감이 흘러나왔다.

'들키면 죽는다.'

쏟아지는 빗속에서 브로드는 자기도 모르게 식은땀을 흘렸다.

기간테스 산맥이 위험한 장소라는 사실은 잘 알고 있었지만, 설마 저런 위험한 놈이 있을 줄은 몰랐다.

'몸 상태만 좋았어도…….'

브로드는 이를 악물었다.

지금 일행들은 다들 몸 상태가 좋지 않았다. 처음 기간테스 산맥에 왔을 때 그들은 상당한 숫자의 몬스터들을 발견했다.

전부 1~3성 일반 몬스터들로 브로드 일행의 상대조차 되지 않는 녀석들이었다.

하지만 숫자가 제법 되었기 때문에 만약 몬스터들이 산맥을 내려간다면 주변 마을이나 영지에 피해가 생길 여지가 있었다.

그래서 브로드는 일행과 함께 몬스터들을 구축하기로 했다.

비록 한 마리 한 마리는 약했지만 눈에 보이는 것만 수십 마리가 넘었기에 차근차근 게릴라 전법으로 숫자를 줄여 나갔다.

그렇게 그들은 약 이백 마리가 넘는 몬스터들을 없앴다.

하지만 기간테스 산맥 어딘가에서 몬스터들은 끊임없이 쏟아져 나왔다.

'대체 어디서 나오는 건지.'

마치 벌집을 건드린 것처럼 산맥 곳곳에서 튀어나오기 시작하는 몬스터들의 숫자에 브로드는 치를 떨었다.

또한, 문제는 그뿐만이 아니었다.

'그리고 놈이 나타났지.'

브로드 일행을 위협하기에 충분한 기간테스 산맥의 괴물.

4성 카오스 네임드 보스,

어둠을 거느리는 배드울프.

몸길이만 5미터에 달하는 거대한 늑대였다. 아니, 그건 늑대의 모습을 하고 있는 무언가에 가까웠다.

전체적으로는 늑대처럼 생겼지만, 어둠에 감싸여 있는 탓에 형체가 흐릿하게 보였으니까.

거기다 등과 어깨에는 하늘하늘 기분 나쁘게 흔들리고 있는 촉수 같은 게 달려 있기도 했다.

놈의 등장으로 인해 브로드 일행은 위기에 빠졌다.

이미 약 이백 마리가 넘는 몬스터들을 처리하면서 지쳐 있던 상황.

그런데 거대한 이형의 늑대가 나타난 것이다.

놈을 본 순간 브로드는 직감적으로 느꼈다.

자신들로는 이길 수 없다고.

실제로 브로드 일행 앞에 나타난 존재는 4성 카오스 네임드 보스였다.

아마 나이젤이 봤다면 무력이 89라며 혀를 찼을 것이다.

브로드 일행의 현재 무력은 대부분 80대 초중반이었으니까.

검사의 경지로 본다면 익스퍼트 하급과 중급에 해당된다.

그에 반해 배드 울프는 4성 카오스 보스들 중에서 가장 강한 개체라고 할 수 있으며, 검사로 치면 익스퍼트 최상급에 해당했다.

비록 브로드 일행이 수는 많지만 급이 달랐다.

또한, 만전의 상태에서 배드울프 한 마리를 상대로 레이드를 뛰어도 모자를 판이었다.

그런 상황에서 이백 마리가 넘는 몬스터들을 상대하고 지쳐 있는 브로드 일행으로는 상대하기 힘들 수밖에 없었다.

'제발 그냥 지나가라!'

브로드는 이를 악물며 커다란 나무 밑둥 아래에 몸을 숨긴 채 기도했다.

그리고 그건 다른 일행도 마찬가지.

지금 그들로는 배드울프와 싸우기는커녕 도망치는 것조차 힘든 상황이었으니까.

크허어어어엉!

잠시 후, 세차게 쏟아지는 빗속에서 배드울프의 포효 소리가 길게 울려 퍼졌다.

        *   *   *

팬드래건 영지를 나선 나이젤 일행은 불과 며칠 지나지 않아 노팅힐 영지에 도착했다.

그리폰인 알파와 알렉세이 덕분이었다. 빠르게 영지로 돌아온 나이젤은 해리와 루크 그리고 라그나와 아세라드를 찾았다.

그들에게 브로드 일행을 찾기 위한 준비를 시키기 위함이었다.

'놈들은 어디서 공격해 올까?'

카오스 마족들의 공격이 시작되기까지 앞으로 한 달이 채 남지 않았다.

분명 어딘가에서 노팅힐 영지를 쓸어버리기 위해 준비 중일 터.

'이번에도 기간테스 산맥에서 오려나?'

지난번 카오스 그런트 선발대는 기간테스 산맥에 주둔하며 노팅힐 영지를 칠 준비를 하고 있었다.

어쩌면 이번에도 마찬가지일지도 모른다.

그 때문에 병사들에게는 노팅힐 영지 주변과 기간테스 산맥을 감시시켰다.

그리고 기간테스 산맥에서 심상치 않은 괴성이 들려온다는 보고가 있기도 했다.

'어쨌든 기간테스 산맥이 위험한 건 사실이야.'

기간테스 산맥 어딘가에 카오스 마족들이 진을 치고 있을지도 모른다.

그렇기에 섣불리 대규모 인원을 동원할 수 없었다.

요컨대, 이전과 마찬가지로 소수 정예로 조사를 해야 한다는 소리였다.

즉, 이번에도 크림슨 용병단에 조사를 부탁할 생각이었다.

탁.

나이젤은 발걸음을 멈췄다.

어느덧 해리와 루크, 그리고 라그나와 아세라드가 기다리고 있는 회의실 앞에 도착한 것이다.

끼익.

"모두 오랜만이네."

회의실 문을 열고 안으로 들어간 나이젤은 안에서 기다리고 있는 일행들에게 웃으며 인사를 건넸다.

＊　　　　＊　　　　＊

그날 저녁.

회의실에서 기간테스 산맥의 조사와 앞으로 계획에 대해 회의를 마친 나이젤은 영주성을 나섰다.

영주성 밖 성채 도시에 마련된 그랜드 공방에 볼일이 있었기 때문이다.

"아, 나이젤 백부장님 아닙니까?"

그랜드 공방에 도착하자 입구 안에서 작업 중이던 드워프 한 명이 인사를 건네왔다.

"울라프는 있나?"

"물론이지요. 공방장님이라면 안쪽에서 작업 중이십니다. 불러 드릴까요?"

"아니, 내가 직접 가지. 고맙군."

드워프의 환대에 나이젤은 살짝 고개를 끄덕인 후 공방장 내부로 발걸음을 옮겼다.

깡! 깡!

성채 도시 외곽에 마련된 그랜드 공방은 굉장히 넓었다.

그리고 공방 내에서 대장장이 드워프들이 쉴 새 없이 망치를 두드리는 소리가 들려왔다.

지금 그들은 앞으로 있을 카오스 몬스터들의 공격을 대비하기 위해 무구들을 제작하고 있었다.

소모가 심한 강철 화살부터 병사들이 사용할 방패까지 만들어내고 있는 것이다.

그리고 대부분 자신이 하는 일에 열중하고 있는 터라 나이젤이 지나가는 것도 몰랐다.

그래도 간간이 나이젤을 알아보고 인사를 건네오는 드워프들도 있었다.

얼마 지나지 않아 공방 안쪽에서 드워프들에게 지시를 내리고 있는 울라프를 발견한 나이젤은 나직한 목소리로 그를 불렀다.

"울라프 공방장."

"나이젤 백부장님 아닙니까?"

나이젤의 부름에 뒤돌아본 울라프가 놀란 표정을 지어 보였다.

"생각보다 일찍 돌아오셨군요. 나가신 일은 잘되셨습니까?"

놀란 표정을 지었던 울라프는 이내 작은 미소로 나이젤을 환대했다.

"뭐, 그렇다고 할 수 있지. 이런저런 일이 있긴 했지만 결과적으로 목적은 전부 달성했으니까."

"그것 참 좋은 일이군요."

울라프는 너털웃음을 터뜨렸다.

"공방 일은 어떤가?"

"영주님의 지원 덕분에 부족함이 없습니다. 예정보다 빠르게 준비를 완료할 수 있을 것 같습니다."

"그런가?"

호탕하게 웃으며 대답하는 울라프의 말에 나이젤은 미소가 절로 지어졌다.

아무래도 해리와 루크, 그리고 아세라드가 일을 잘하고 있는 모양이었다.

영지의 재정 운영과 울라프의 그랜드 공방에 대한 지원은 그들이 맡고 있었으니까.

현재 그랜드 공방은 노팅힐 영지에 없어서는 안 될 중요한 거점 시설이었다.

그랜드 공방에서 하는 일은 군사 무기 제작부터 시작해서 성채 도시의 외벽 공사와 강화도 함께하고 있으니 말이다.

어디 그뿐인가?

그랜드 공방의 기술자들은 전부 드워프들이었다.

그들이 제작하는 모든 물품들은 예술품에 가까웠고 성능 또한 다른 종족의 대장장이들과는 격이 달랐다.

지원을 아낄 이유가 없었다.

"그런데 이런 늦은 시간에 공방에는 어쩐 일입니까?"

올라프는 의아한 표정으로 나이젤에게 질문했다.

그냥 단순히 공방을 방문하는 일이라면 군이 늦은 저녁 시간이 아니라 내일 낮에 와도 되는 일이었다.

하지만 나이젤은 밤늦은 시간임에도 불구하고 영주성을 나서서 성채 도시 외곽에 있는 그랜드 공방을 방문했다.

그 때문에 올라프는 나이젤이 공방을 찾아온 이유가 있을 거라 생각한 것이다.

"그랜드 공방장에게 직접 부탁하고 싶은 게 있어서 말이야."

"저한테 부탁이요?"

"응. 그 전에 보여줄 게 있는데… 자세한 건 저쪽 창고에 가면 이야기해 주지."

"아, 알겠습니다."

"분명 깜짝 놀랄 거야."

나이젤은 장난스러운 미소를 지어 보였다.

과연 그것을 보게 된다면 올라프는 어떤 표정을 지을까?

생각만 해도 즐거웠다.

지금 나이젤이 보여주려고 하는 건, 야금 기술의 집합체라고 해도 과언이 아니었으니까.

"내가 보여줄 건 이거야."

창고 안에 들어간 나이젤은 아공간 보관고에 넣어두었던 기계 금속 장치 같은 걸 꺼냈다.

"오오, 이건 설마?"

울라프는 한눈에 나이젤이 꺼낸 기계 장치의 정체를 눈치챘다.

"A급 마나 코어 아닙니까?"

"역시 바로 알아보네."

울라프의 안목에 감탄한 나이젤은 빙긋 미소를 지었다.

울라프의 말대로 나이젤이 꺼낸 건 떠돌이 차원 상단인 스팀의 상인 중 한 명, 테일러에게서 받은 A급 마나 코어였다.

"대체 어디서 이런 귀한 걸?"

울라프는 놀란 눈으로 나이젤을 바라봤다.

마나 코어를 구하는 것 자체부터가 쉽지 않은 일인데, 지금 눈앞에 있는 건 무려 A급이었다.

가격도 가격이지만 구하는 것부터가 어려웠다. 마나 코어는 마법사와 연금술사가 서로 손을 잡고 공동으로 개발해야 만들 수 있는 물건이었으니까.

그런 귀중한 물건을 변경 영지의 백부장이 구해 올 줄이야!

"비밀이야."

울라프의 질문에 나이젤은 웃으며 대답했다.

그리고 문득 울라프는 깨달았다.

"하긴, 나이젤 백부장님에 한해서는 의미가 없는 질문이겠군요."

울라프는 나이젤과 처음 만났을 때를 떠올렸다.

그때만 해도 나이젤은 레어 메탈을 가지고 왔다고 말했다가 울라프들에게 비웃음을 샀었다.

하지만 레어 메탈은 귀여운 수준이었다. 레어 메탈인 아다만 티움을 꺼내 보인 이후에도 유니크 메탈인 미스릴을 보여주었으니까.

거기에 화룡정점을 찍은 게, 전설의 금속 오리하르콘이었다.

"그런데 저한테 이걸 보여주셨다는 건, 나이젤 백부장님 전용 헤카톤케일을 제작해 달라는 의뢰로 받아들이면 됩니까?"

마나 코어는 마도 전투 장갑복 헤카톤케일의 핵심 부품이었다.

나이젤이 마나 코어를 보여주었다는 말은 울라프에게 헤카톤케일을 만들어달라는 말과 다름없었다.

"아니, 반은 맞고 반은 틀렸어. 내가 진짜 보여주고 싶은 건 마나 코어가 아니거든."

"네?"

나이젤의 말에 울라프는 놀란 표정을 지었다.

A급 마나 코어만 해도 상당한 가치를 지닌 물건이었다.

그 때문에 A급 마나 코어에 어울리는 나이젤 전용 헤카톤케일을 어떻게 하면 만들 수 있을까 울라프는 고민하고 있었다.

그런데 진짜 보여주고 싶은 게 마나 코어가 아니라니?

스스슥!

나이젤은 이해를 못 하겠다는 얼굴로 자신을 바라보고 있는 울라프의 눈앞에 물건을 하나 더 꺼냈다.

"이, 이건!"

그것을 본 울라프는 눈을 부릅뜨며 놀란 표정을 지었다. 생각지도 못한 거대 갑주가 울라프의 눈앞에 모습을 드러냈으니까.

Chapter

8

A급 마도 전투 장갑복 헤카톤케일, 섀도우 루프스.

나이젤이 꺼낸 건 다름 아닌 낡아 보이는 헤카톤케일이었다.

그리고 울프킹 무덤의 묘비석에서 가장 마지막에 나온 유산이기도 했다.

섀도우 울프킹의 전성기 시절을 함께한 A급 헤카톤케일 섀도우 루프스.

푸른빛의 레어 메탈, 아다만타이트로 만들어진 섀도우 루프스는 늑대의 형상을 본떠 제작한 최강의 헤카톤케일들 중 하나였다.

울프킹이 활동하던 시절, 명장이라고 알려진 드워프 칼레이프가 심혈을 기울여 제작한 걸작품이었으니까.

어두운 제국의 밤을 누비는 섀도우 루프스는 어둠 속을 걷는 고독한 한 마리의 늑대와도 같았다.

명장 칼레이프가 섀도우 울프킹을 위해 전용으로 제작한 헤카톤케일이었으니 말이다.

"설마 내 생애에 명장 칼레이프 님의 걸작품을 보게 될 줄은⋯⋯."

울라프는 감격한 얼굴로 눈앞에 나타난 검은 헤카톤케일을 바라봤다.

비록 상당히 낡아 보이긴 했지만 한눈에 알았다.

늑대를 닮은 섀도우 루프스의 독특한 외관과 파손이 심하긴 했지만 곳곳에 남겨져 있는 장인의 흔적들을 울라프는 놓치지 않았으니까.

"그런데 상태가 좋지 않군요."

울라프는 씁쓸한 미소를 지었다.

과거 명장이라 불리던 드워프 칼레이프가 남긴 걸작품이었지만 오랜 세월 관리를 받지 못하고 방치된 탓인지 이곳저곳 부서진 부분이 많아 보였기 때문이다.

그래도 다행인 점은 기본적인 형태가 남아 있다는 사실이었다.

그마저도 없었다면 그냥 잔해라고 봐야 했다.

"무엇보다 마나 코어가 없다는 게 가장 아쉽군요."

울라프는 정말 아쉬웠다.

섀도우 루프스에게는 헤카톤케일의 핵심이라고 할 수 있는 마나 코어가 없었다.

마나 코어가 없으면 아무리 좋은 소재의 헤카톤케일이 있다고 해도 무용지물이었다.

특히 섀도우 루프스는 아다만타이트를 90% 이상 사용해서 제작한 울프킹 전용의 헤카톤케일이었다.

때문에 A급 이상 마나 코어가 뿜어내는 엄청난 출력도 버틸 수 있었다.

'잠깐, A급 마나 코어라고?'

문득 머릿속을 스쳐 지나가는 생각에 울라프는 경악한 표정을 지으며 나이젤을 바라봤다.

"설마, 나이젤 백부장님……?"

"그 설마야."

경악한 표정으로 자신을 바라보는 울라프를 향해 나이젤은 미소를 지으며 답했다.

지금 이곳에는 섀도우 울프킹의 전용 헤카톤케일 A급 섀도우 루프스와, 떠돌이 신비한 차원 상인 테일러에게 얻은 A급 마나 코어가 있었다.

그렇다면 남은 건 하나뿐이지 않은가?

"섀도우 루프스를 수리해 주었으면 좋겠어."

"역시……."

울라프는 고개를 끄덕였다.

나이젤의 부탁은 전용 헤카톤케일의 제작이 아니었다.

다름 아닌 눈앞에 있는 섀도우 루프스의 수리였던 것이다.

"할 수 있겠지?"

나이젤은 은근한 눈빛으로 울라프를 바라봤다.

재료는 이미 다 모여 있었다.

세월의 풍파를 이기지 못해 이곳저곳 파손된 곳이 많지만, 그럼에도 기본적인 형태를 남기고 있는 아다만타이트 소재의 A급 헤카톤케일.

A급 마나 코어.

그리고 예전에 나이젤이 울라프에게 넘겨주었던 아다만타이트와 미스릴까지.

이것들을 전부 활용한다면 섀도우 루프스를 수리하고도 남을 터였다.

"물론입니다, 나이젤 백부장님. 명장 칼레이프 님이 제작한 섀도우 루프스 이상의 마도 전투 장갑복을 만들어 보이죠."

울라프는 자신만만한 표정으로 대답했다. 명장 칼레이프가 섀도우 루프스를 제작한 지 200년이 흘렀다.

지금의 야금 기술은 그때보다 훨씬 더 발전되어 있었다.

그리고 그랜드 공방의 울라프라면 200년 전의 섀도우 루프스보다 성능 좋은 헤카톤케일을 만들 수 있을 터.

"기대할게."

나이젤은 작은 미소를 지으며 울라프를 바라봤다.

*   *   *

그날 밤.

나이젤은 영주성에 마련되어 있는 자신의 방으로 돌아와 침대에 누워 있었다. 팬드래건 백작가에서 노팅힐 영지로 돌아온 후, 기본적으로 해야 할 일들은 모두 마쳤다.

팬드래건 백작가와 동맹을 맺었고, 그 일환으로 브로드 일행들을 찾는 데 도와주기로 한 것 등 보고해야 할 것들을 오늘 회의실에서 전달한 것이다.

그뿐만이 아니라 따로 다리안 영주와 가리안 백부장을 만나 티타임을 가지기도 했다.

그들에게도 팬드래건 백작가에서 있었던 일들을 이야기해 두어야 했으니까.

'머지않아 그림자 늑대들도 올 테고.'

이미 아델리나와 미샤에게 이야기해서 그림자 늑대의 조직원들을 노팅힐 영지에 파견하기로 했다.

그때 제임스와 데인 크라벨도 함께 영지로 복귀할 예정이었다.

'남은 건 기다리는 것뿐인가.'

아무리 크림슨 용병단이라고 해도 기간테스 산맥에 있을 브로드 일행을 수색하려면 나름대로 준비가 필요했다.

그리고 나이젤은 섀도우 루프스의 수리가 끝나면 기간테스 산맥에 갈 생각이었다.

'아무 일 없으면 좋겠지만…….'

혼돈의 마족들이 노팅힐 영지를 노리고 있는 시점이었기에 기간테스 산맥이 어떤 상황일지 알 수 없었다.

여차하면 나이젤도 헤카톤케일을 사용해야 할 상황이 생길지도 몰랐다.

그렇기에 이번 수색에서 헤카톤케일이 없는 자들은 뺄 생각이었다.

'크림슨 용병단은 전원이 헤카톤케일 소유자들이니 다행이지.'

세계 최강의 용병단답게 단원들 전부가 최소 B급 이상의 마도 전투 장갑복, 헤카톤케일을 소유하고 있었다.

그렇기에 나이젤은 자신을 포함해 크림슨 용병단과 다니엘을 데리고 갈 생각이었다.

다니엘은 비록 C급 양산형이긴 하지만 개인 전용 헤카톤케일을 가지고 있었으니까.

그리고 카테리나는 전용 헤카톤케일이 아직 없었고, 아리아는 전성기 헌터 시절 때는 전용 헤카톤케일을 가지고 있었지만 지금은 없었다.

그 때문에 그녀들은 이번 수색에서는 데리고 가지 않을 작정이었다.

'그나저나 내가 잠깐 나가 있는 동안 외벽이 꽤 강화된 것 같던데.'

나이젤은 성채 도시 외벽에 건설되어 있는 방어 타워들을 떠올리며 영지 미션의 진행 사항 창을 띄웠다.

[영지 미션: 외벽을 강화하십시오.]
진행 사항(1): 외벽 강화(25%/100%).
진행 사항(2): 아처 타워(15/30), 발리스타(5/12), 자동 석궁 발사기(30/30).

'열심히 했나 보네.'
나이젤은 피식 웃었다.

나이젤이 없는 동안 울라프가 드워프들이나 외벽에서 일하는 일꾼들을 닦달하며 일을 시키는 모습이 눈에 보이는 것 같았다.

나이젤이 팬드래건 백작가에 갔다가 온 동안 전반적으로 방어 타워 건설이 50%는 진행되어 있었으니까.

이 페이스대로라면 다음 웨이브가 시작하기 전에 성채 도시 외벽에 아처 타워나 발리스타, 자동 석궁 발사기는 전부 설치를 완료할 수 있을 것 같았다.

'방어 타워 건설은 충분히 완료시킬 수 있을 거 같고 문제는 외벽 강화인가?'

외벽 강화는 일이 많았다.

최대 50%까지 진행시킬 수 있으면 잘한 편이었다.

'뭐, 어쩔 수 없지. 루프스의 수리도 있고 하니.'

루프스의 수리를 가능하면 빠르게 해달라고 부탁을 한 터라, 그만큼 일정이 늦춰질 수밖에 없었다.

그래도 방어 타워 건설은 제때 완료될 것이고, 성채 도시의 외벽은 지금 이대로라도 괜찮았다.

현재 성채 도시 외벽은 100% 만전 상태였으니까.

단지, 혹시 몰랐기에 외벽을 강화시키고 있는 것이다.

그리고 외벽 강화는 일거리가 많기에 천천히 진행해도 되며, 40% 이상만 되어도 할 만큼 했다고 볼 수 있었다.

그 외에 현재 나이젤이 진행 중인 서브 미션은 두 가지였다.

영지군 미션과 영지 부서 설립 미션이다.

'영지군 미션은 무관만 한 명 더 영입하면 되긴 한데.'

영지군 미션은 팬드래건 백작가로 떠나기 전과 달라진 점이 없었다.

팬드래건 백작가 영지에서 그림자 늑대들을 거둬들였지만, 그들 중 노팅힐 영지군의 무관으로 인정된 인물은 없었다.

'아델리나나 미샤가 무관으로 카운트될 줄 알았더니……'

그녀들의 실력은 어지간한 기사급은 된다. 실력만 놓고 본다면 무관으로 카운트돼도 이상하지 않았다.

하지만 그림자 늑대들은 뒷면에서 활동하는 정보 조직.

무관이나 문관같이 겉으로 드러나는 직책으로는 인정받지 못하는 모양이었다.

'아쉽지만 어쩔 수 없지. 누구 한 명 더 영입해 오면 되니까.'

그리고 앞으로 그림자 늑대들에게는 노팅힐 영지에서 중요한 역할을 담당시킬 생각이었다.

이전처럼 정보를 중심으로 한 첩보 일을 하겠지만, 그와 함께 중요한 일을 하나 더 추가할 생각이었으니까.

'다음은 영지 부서인가.'

[영지 부서]

1. 재정부장: 오십부장 해리.

2. 군사부장: 백부장 가리안, 나이젤.

3. 개발부장: 울라프.

4. 정보부장: 마리사 그란디스.

5. 비활성화.

현재 설립되어 있는 영지 부서는 4개.

다섯 번째는 비활성화 중이었다.

개발부장이 활성화된 건, 그랜드 공방이 성채 도시에서 활동을 시작한 지 얼마 지나지 않았을 때였다.

그때 나이젤은 울라프를 개발부장으로 추천했다.

그리고 얼마 지나지 않아 울라프는 정식으로 노팅힐 영지의 개발 부장이 된 것이다.

'그런데 미샤가 정보부장으로 되어 있을 줄이야.'

나이젤은 눈앞에 떠오른 영지 부서 설명창을 바라보며 피식 웃었다.

그렇지 않아도 그림자 늑대들은 노팅힐 영지의 정보수집 분야를 담당할 예정이었다.

그리고 미샤는 그림자 늑대들을 이끄는 실질적인 수장.

아마 그 때문에 정보부장으로 카운트된 것일 터.

'이제 마법 부서랑 군사 무기를 연구하는 부서가 있으면 좋겠 군.'

마법을 전문적으로 다루는 부서와, 마도 무기를 연구하는 부서만 있으면 나이젤이 생각하고 있는 영지 발전의 기본 틀이 잡힌다.

'아, 그리고 외교부도 있어야지.'

다른 영지와 협상을 전문적으로 하는 외교 부서까지.

'아직도 갈 길이 머네.'

나이젤은 길게 숨을 내쉬며 침대 위에서 몸을 깊게 눕혔다.

지금까지 열심히 뛰어왔다고 생각했는데, 해야 할 일은 아직 산처럼 있었다.

당장 브로드 일행을 기간테스 산맥에서 찾아야 하고, 노팅힐 영지를 노리고 있는 혼돈의 마족들을 때려잡아야 하니까.

'뭐, 그래도 일단 해야 할 일들은 다 했으니 다행인가.'

아이리를 치료하고 팬드래건 백작가와 동맹을 맺었으며, 그림자 늑대들을 수하로 두게 되었다.

그뿐만이 아니라 다양한 인재들과 드워프들을 영입해서 영지 발전의 기초를 마련했다.

거기에 세계 최강 용병단인 크림슨 미드나이트와 1년 계약까지 맺은 상황.

나이젤은 자신이 가지고 있는 정보를 토대로 최대한 할 수 있는 만큼 일을 한 것이다.

이 세계에서 살아남기 위해서.

'그럼 마지막으로……'

나이젤은 전공 포인트와 스킬창을 눈앞에 띄웠다.

[패시브 스킬]

1. 무상심법(B): 숙련도 12%

2. 무상검법(B): 숙련도 10%

3. 무상투법(B): 숙련도 1%

[액티브 스킬]

1. 육체강화(B): 숙련도 15%

2. 무상신법(C): 숙련도 100%

3. 다크 섀도우 스킬북(F): 숙련도 1%

4. 가혹한 지휘(C): 숙련도 72%

5. 자신감 증가(C): 숙련도 75%

[스페셜 데스 블로우 스킬]

1. 드래곤 버스터(S—): 숙련도 2%

'흠.'

팬드래건 백작가로 출발하기 전, B급으로 올린 무상심법, 무상검법, 육체강화 스킬들은 숙련도를 10% 근처를 찍었다. 히든 던전 새도우 울프킹의 무덤을 공략한 덕분이었다.

그뿐만이 아니다.

'전공 포인트도 많이 벌었지.'

2만 2천 정도였던 전공 포인트가 지금은 거의 8만에 가까웠다.

울프킹의 무덤을 공략한 것도 있지만, 아이리를 구하는 미션을 공략하면서 전공 포인트를 무려 2만 7천이나 받았으니까.

그 덕분에 도합 77,000WP를 모을 수 있었다.

그래서 나이젤은 팬드래건 백작가에 있을 때 무상투법을 B급으로 승급시켰다. 그 때문에 다른 B급 무공 스킬보다 숙련도가 낮았던 것이다.

'현재 전공 포인트는 총 2만 3천인가.'

C급 무공스킬을 B급으로 승급하는 데 필요한 전공 포인트는 총 5만 4천.

이미 무상투법을 B급으로 승급시켰기에 현재 남아 있는 전공 포인트는 총 2만 3천이었다.

'다음은 전공 포인트를 모아서 무상신법을 승급시켜 봐야지.'

자신감 증가나 가혹한 지휘는 전투 스킬이 아닌 데다가 아직 숙련도도 100%가 아니었다.

그 때문에 B급으로 승급시킬 수 없었다. 그리고 어느 스킬을 먼저 찍을지는 C급 스킬들의 숙련도 상태와 상황을 봐서 승급할 생각이었다.

그리고 다크 섀도우 스킬북은 울프킹 무덤에서 습득한 후 사용할 기회가 많지 않았기 때문에 숙련도가 많이 낮았다.

'이제 확인할 건 다 했네.'

시스템의 정보들을 확인하며 머릿속을 정리한 나이젤은 그대로 눈을 감았다. 오늘 하루도 바쁘게 보냈으니까.

그렇게 눈을 감은 나이젤은 잠 속으로 빠져들었다.

＊　　　　＊　　　　＊

그로부터 3일 뒤.

그랜드 공방장의 창고 안.

"어떻습니까? 나이젤 백부장님."

나이젤의 눈앞에 수리가 완료된 섀도우 루프스가 모습을 드러냈다.

"이건 생각 이상인데……."

나이젤은 놀란 얼굴로 섀도우 루프스를 바라봤다.

울라프가 수리한 섀도우 루프스는 예상 이상의 완성도를 자랑하고 있었다.

어디 그뿐인가?

섀도우 루프스는 200년 전보다 훨씬 더 세련된 느낌의 디자인으로 탈바꿈되어 있었다.

약 2미터 정도 되는 크기는 변함이 없었지만, 루프스 특유의 늑대를 형상화한 디자인은 현대적으로 세련되게 발전되어 있었던 것이다.

마치 어둠을 걷는 고독한 칠흑의 늑대 같은 느낌이었다.

"허허, 그렇습니까?"

울라프는 만족스러운 미소를 지었다.

나이젤의 놀라는 모습에 지난 3일간 철야 작업을 하며 섀도우 루프스를 수리한 보람을 느꼈기 때문이다.

하지만 나이젤 입장에서는 정말 놀랄 수밖에 없었다.

'진짜 대박이네.'

나이젤은 울라프가 수리한 섀도우 루프스의 정보를 확인했다.

[섀도우 루프스 렉스.]

타입: 마도 전투 장갑복.

등급: 유니크(A).

옵션(1): 추가 신체 능력 25% 상승.

옵션(2): 전체 무게 25% 감소, 이동속도 25% 증가.

옵션(3): 다크 섀도우 스킬북의 위력 및 효율 증가.

열전: 200년 전 섀도우 울프킹이 사용했던 전용 헤카톤케일.

200년이라는 세월이 흐르는 동안 마나 코어를 소실하고 본체의 손상도 심각한 상태였다.

하지만 그랜드 공방의 명장 울라프의 손에 의해 섀도우 루프스 렉스로 재탄생했다.

'그림자 늑대왕인가?'

루프스(Lupus)는 라틴어로 늑대를 뜻한다. 울프킹의 헤카톤케일은 말 그대로 그림자 늑대라는 뜻을 가진 마도 전투 장갑복이었던 것이다.

그리고 지금 울라프의 손에 재탄생한 섀도우 루프스는 렉스라는 칭호가 붙었다.

렉스(Rex)는 라틴어로 왕을 의미한다. 즉, 섀도우 루프스 렉스는 말 그대로 그림자 늑대왕을 의미했다.

"마음에 들어."

나이젤은 절로 미소가 지어졌다.

루프스 렉스는 외형뿐만이 아니라 이름에 걸맞게 성능도 비약적으로 향상되어 있었다.

마도 전투 장갑복 헤카톤케일은 전신 갑주로 된 풀 플레이트 메일이다.

그 때문에 굉장히 무겁고 움직임이 느리다.

하지만 기본적으로 착용자의 신체 능력을 향상시켜 주기 때문에 움직이는 데 지장은 없었다.

오히려 신체 능력을 상승시켜 주는 덕분에 착용하기 전보다 더 빨리 움직일 수 있었다.

그리고 헤카톤케일은 중장 갑주이기에 공격력과 방어력이 큰 폭으로 오른다.

무엇보다 마법 방어력이 대폭 상승하고 모든 속성에 저항력이 생기기 때문에 마법사들의 천적이기도 했다.

C급 이하 헤카톤케일만 해도 어지간한 3클래스 공격 마법은 통하지 않으니 말이다.

거기에 루프스 렉스는 유니크(A) 등급으로 다양한 옵션 능력까지 있지 않은가?

'진짜 옵션 능력이 사기네.'

나이젤은 속으로 혀를 내둘렀다.

헤카톤케일을 착용하면 상승하는 기본 신체 능력치에서 추가로 25%가 더 붙었다.

즉, 무력의 근간을 이루는 근력, 민첩, 체력 수치가 더욱더 상승하는 것이다.

어디 그뿐인가?

전체 무게를 25% 감소시키고, 이동속도는 25% 증가하는 옵션도 있었다.

그 말은 중장갑인 헤카톤케일을 착용하고도 훨씬 더 재빠른 몸놀림이 가능해진다는 소리였다.

거기에 다크 섀도우 스킬북의 위력과 효율 증가까지.

현재 나이젤은 다크 섀도우 스킬북에 기록된 그림자 은신술, 그림자 방어술, 그림자 이동술을 사용할 수 있었다.

그런데 루프스 렉스의 옵션 능력 덕분에 다크 섀도우 스킬들을 한 등급 끌어올릴 수 있게 된 것이다.

즉, F급이 E급으로 된다는 소리다.

또한, 지금은 등급이 낮아서 체감이 크진 않겠지만 후반으로 가면 이야기는 달라진다.

A급이 S급이 되고, S급이 SS급이 된다는 소리였으니까.

아마 모든 A급 유니크 헤카톤케일들 중에서도 루프스 렉스는 손에 꼽을 정도로 강력한 성능일 것이다.

거의 S급에 가깝다고 해도 과언이 아닐 터.

"고생했어."

나이젤은 울라프를 바라봤다.

설마 이렇게까지 섀도우 루프스의 성능을 끌어올릴 줄이야.

섀도우 루프스 렉스를 완성하기 위해 울라프가 얼마나 다른 드워프 장인들을 닦달했을지 눈에 선했다.

"하하, 나이젤 백부장님이 기뻐하시니 저도 기쁘군요."

나이젤의 격려에 울라프는 호탕하게 웃어 보였다.

"이제 할 수 있는 준비는 다 끝낸 것 같군."

"그런데 정말 기간테스 산맥에 가실 생각입니까? 위험하지 않을까요?"

나이젤의 말에 울라프는 조금 걱정스러운 표정을 지었다.

브로드 일행을 찾기 위해 나이젤이 기간테스 산맥에 간다는 사실은 노팅힐 성채 도시 전체에 소문이 나 있었다.

그리고 울라프는 나이젤에게 이미 이야기를 들은 상황.

그 때문에 걱정이 되었다.

현재 슈테른 제국 동부 전역에서 지금까지 듣지도 보지도 못한 촉수를 가진 이상한 몬스터들이 날뛰고 있었으니까.

실제로 이미 윌버 영지와 우드빌 영지가 궤멸에 가까운 피해를 입지 않았던가?

상황이 이렇다 보니 안 그래도 위험하다고 유명한 기간테스 산맥이 지금은 얼마나 더 위험해져 있을지 짐작도 가지 않았다.

"그래도 가야지. 알타이르 백작과 약속을 했으니 말이야."

이미 나이젤은 어느 정도 위험을 감수할 생각이었다.

어떻게든 팬드래건 백작가와 좋은 관계를 유지하는 편이 나았으니까.

그뿐만이 아니다.

[서브 미션: 브로드 일행을 찾아라!]

팬드래건 백작가의 후계자인 브로드가 기간테스 산맥에서 연락이 두절되었습니다.

그를 찾아 알타이르 백작의 총애를 얻으십시오.

난이도: A.

남은 기간: 10일.

보상: 전공 포인트 27,000. 알타이르 백작의 총애. 브로드 일행의 신뢰. 팬드래건 백작가의 전폭적인 후원.

'설마 이것도 서브 미션이 생길 줄이야.'

나이젤은 서브 미션 정보창을 바라보며 속으로 웃었다.

브로드 일행을 찾는 서브 미션은 팬드래건 백작가의 저택에 있을 때 이미 받았었다.

정확히는 알타이르 백작에게 브로드 일행을 찾겠다고 이야기한 날 밤에 서브 미션이 생긴 것이다.

'어쨌든 나한테는 좋은 일이지.'

어차피 브로드 일행을 찾아야 하는데 서브 미션 덕분에 전공 포인트를 추가적으로 받으니 나이젤로서는 나쁠 게 없었다.

다만, 한 가지 걸리는 점이 있었다.

'이제 남은 기간은 10일.'

브로드 일행을 찾는 미션에는 제한 시간이 걸려 있었고, 그 시간이 꾸준히 줄어든 결과, 이제 열흘이 남게 된 것이다.

그 말은 곧.

'앞으로 열흘이 지나면 브로드 일행이 전멸한다는 소리겠지.'

그리고 난이도는 아이리를 구하는 서브 미션과 같은 A였다.

나이젤은 아이리를 구하는 서브 미션을 비교적 쉽게 공략했다.

하지만 사실 난이도 A 미션을 공략하는 건 어려운 일이었다.

실제로 엘릭서는 슈테른 제국이 존재하는 아크 대륙에서 구하기 힘든 굉장히 희귀한 포션이다.

그걸 나이젤은 신비한 차원 상인 스팀의 일원인 테일러를 만나 간단히 해결했을 뿐이었다.

물론 전공 포인트를 비싸게 지불하긴 했지만.

그래도 만약 나이젤이 직접 엘릭서를 구해야 했다면 상당히 고생했을지도 몰랐다.

괜히 슈테른 제국의 대귀족인 팬드래건 백작가조차 구하지 못한 게 아니었으니까.

"걱정하지 않아도 돼. 그래서 섀도우 루프스 렉스를 받아 가는 거니까."

"오호, 렉스입니까? 좋은 이름이군요."

한때 울프킹이 사용한 섀도우 루프스에 렉스를 붙이며 부른 나이젤의 명칭에 울라프도 마음에 들어 하는 눈치였다.

그리고 트리플 킹덤 게임에서 사용하는 언어는 기본적으로 전부 영어다.

그럼에도 나이젤이 알아들을 수 있는 이유는 시스템 능력 덕분이었다.

그 덕분에 마치 한국어를 사용하는 것처럼 자연스럽게 이해하고 쓸 수 있는 것이다.

또한, 라틴어는 트리플 킹덤 게임에서 고대어로 통하기 때문에 울라프도 잘 알고 있었다.

애초에 라틴어는 영어의 어원들 중 하나이기도 하니 말이다.

"하긴 이 녀석이 있으면 걱정이 없겠군요."

울라프는 씩 미소를 지으며 섀도우 울프스 렉스를 바라봤다.

그도 알고 있었다.

자신과 그랜드 공방장의 명장 드워프들이 수리한 섀도우 울프스 렉스가 얼마나 강력한 마도 전투 장갑복인지.

"그리고 이번에 기간테스 산맥에 가는 인원은 전부 헤카톤케일의 소유자들이니까 말이야."

"전원 헤카톤케일의 소유자들이라니. 어지간한 기사단보다 강하겠군요."

"그렇지."

나이젤은 고개를 끄덕였다.

기사라고 해도 아무나 헤카톤케일을 가지는 게 아니다.

최소 무력이 80 이상이 넘고 오러를 다룰 줄 아는 소드 익스퍼트급이 아니면 사용할 수조차 없었다.

대륙 전체를 통틀어서 소드 익스퍼트급 이상의 기사들은 약 수백 명 정도 된다. 그리고 소드 마스터급은 그들 중에서도 한

줌밖에 되지 않는다.

아크 대륙 전체에 살고 있는 인간들과 아인족들의 인구수에 비하면 정말 얼마 되지 않는 숫자였다.

그 때문에 헤카톤케일을 소유한 검사들이나 기사들은 자부심이 강한 편이었다.

그들은 명실상부한 강자들이었으니까.

"아, 그러고 보니 그분들과 함께 간다는 걸 잊고 있었군요."

뒤늦게 울라프는 나이젤과 함께 기간테스 산맥에 가는 인물들을 떠올렸다.

그리고 울라프의 말에 나이젤은 입꼬리를 살며시 치켜올렸다.

"그래. 크림슨 용병단을 데리고 갈 거야. 그리고……."

전원 헤카톤케일을 보유한 소수 정예 용병 집단, 크림슨 미드나이트.

그들과 함께라면 걱정할 게 없었다.

다만 문제가 있다면 미션 제한 시간까지 앞으로 열흘밖에 없다는 것.

하지만.

'열흘이면 충분하고도 남지.'

나이젤은 속으로 미소를 지었다.

아무리 기간테스 산맥이 넓다고 해도 그 정도 시간이면 충분하고도 남았다.

크림슨 용병단이 함께한다는 사실도 있지만 무엇보다.

"까망이도 함께 갈 거니 말이야."

나이젤에게는 귀여운 나이트 울프 까망이가 있었으니까.

이미 까망이는 우드빌 영지에서 브로드 일행의 냄새를 기억했다.

남은 건, 기간테스 산맥에 가서 브로드 일행의 흔적을 뒤쫓는 것뿐이다.

크앙?

그때 자신을 부르는 나이젤의 말을 들었는지 그림자 속에서 까망이가 고개를 갸웃거리며 얼굴을 내밀었다.

그리고 섀도우 루프스 렉스를 보더니 꼬리를 풍차처럼 회전하며 다가갔다.

쿵쿵!

까망이는 루프스 렉스에 코를 대고 냄새를 맡기 시작했다.

그러다가 해맑은 표정으로 나이젤을 돌아봤다.

헥헥헥!

"까망이도 마음에 들었나 보네."

"하하! 그것 참 다행이군요."

귀여운 까망이의 행동에 울라프도 마음에 들었는지 호탕한 웃음소리를 내었다.

그리고 이제 나이젤의 준비는 모두 끝났다.

남은 건, 기간테스 산맥을 조사하러 가는 것뿐.

"그럼 갔다 올게."

"네. 기다리고 있겠습니다."

그 말을 끝으로 루프스 렉스를 아공간 보관소에 집어넣은 나이젤은 그랜드 공방장을 나섰다.

　　　　　＊　　　　　＊　　　　　＊

그날 오후.

나이젤은 영주성 앞에서 출발 준비를 서두르고 있었다.

그런 나이젤 앞에 다리안 영주가 걱정스러운 표정으로 입을 열었다.

"산맥에 가거든 밥은 꼭 챙겨 먹고 지난번처럼 무리는 절대 하지 말게나. 혹여 어디 몸이 아프면 바로 돌아오도록 하고. 아, 잠도 제때 자야 하네. 알겠나?"

"…네."

다리안 영주의 말에 나이젤은 식은땀을 흘렸다.

그뿐만이 아니다.

"아무쪼록 우리 나이젤 백부장님을 잘 부탁합니다."

옆에서는 아리아가 라그나에게 나이젤을 잘 부탁한다는 말을 하고 있었다.

'내 부모냐?'

그들의 걱정스러운 모습에 나이젤은 고개를 절레절레 흔들었다.

하지만 진짜 끝판왕은 따로 있었다.

"나이젤 님."

등 뒤에서 나이젤을 부르는 작고 가녀린 목소리.

나이젤은 고개를 뒤로 돌려봤다.

그곳에 약간 화가 난 표정으로 나이젤을 바라보고 있는 여성이 있었다.

다름 아닌 카테리나였다.

"미안."

나이젤은 미안한 표정을 지었다.

그녀가 얼마나 자신과 함께 가고 싶어 했는지 알고 있었으니까.

그녀를 빼고 다니엘을 데리고 가겠다는 말에 카테리나는 화살에 맞은 새처럼 놀란 표정으로 나이젤을 바라봤었다. 그리고 불과 얼마 전까지 계속 데리고 가달라고 간청했지만 결국 포기했다. 그녀에게는 전용 헤카톤케일이 없었으니까.

"약속, 기억하시나요?"

"물론."

토라진 표정으로 묻는 그녀의 말에 나이젤은 고개를 끄덕였다.

그녀를 달래기 위해 나이젤은 약속을 하나 했다.

기간테스 산맥을 다녀온 후, 카테리나에게 전용 헤카톤케일을 구해주기로 한 것이다.

"헤카톤케일만 있었어도……."

하지만 약속을 해주었음에도 불구하고 카테리나는 분한지 손을 꼭 쥐며 다니엘을 노려봤다.

그곳에 의기양양한 표정을 짓고 있는 늑대족 청년이 있었다.

'이겼다.'

카테리나를 마주 본 다니엘은 늑대 귀를 쫑긋 세우고 꼬리를 흔들며 씩 웃었다.

다니엘과 카테리나 중에서 나이젤이 선택한 인물은 다름 아닌 그였으니까.

그와 그녀 중에 헤카톤케일을 소유하고 있는 사람은 다니엘이었으니 말이다.

"나이젤 백부장님 제발 사고만은 치지 마세요."

"무사히 다녀오시길."

"일거리는 이제 그만 좀 가져오시고요."

딜런을 시작으로 해리와 루크도 걱정이 되는지 저마다 한마디씩 했다.

"걱정하지 말라니까 그러네."

나이젤은 수하들의 말에 고개를 절레절레 흔들었다.

이래서 예전처럼 그냥 조용히 떠나고 싶었는데 이번만큼은 그럴 수가 없었다. 크림슨 용병단과 함께 기간테스 산맥으로 팬드래건 백작가의 후계자를 찾으러 가는 위험한 여정이었으니까.

그렇게 영주성 앞에서 나이젤과 일행들은 이런저런 대화를 나누며 출발 준비를 마쳤다.

"그럼 무사히 다녀오게나."

마지막으로 다리안 영주가 나이젤과 다니엘, 크림슨 용병단원들에게 악수를 하며 배웅을 해주었다.

*　　　　*　　　　*

기간테스 산맥 안.

"……."

브로드를 비롯한 일행들은 초췌한 몰골로 산속을 힘겹게 걷고 있었다.

"배고파."

가장 나이가 어린 에이미가 평소와 다르게 힘없는 목소리로 중얼거렸다.

그들은 기간테스 산맥에서 배드울프로부터 도주하면서 굉장히 지친 상태였다.

가지고 있던 음식도 이미 다 떨어진 지 옛날이었다.

그나마 산맥에 시냇물이 있어서 식수 걱정은 하지 않아도 되었지만 제대로 된 음식을 먹지 못한 지 이미 한참이 지나 있었다.

이대로 가다간 나뭇잎이라도 뜯어 먹어야 할 판이었다.

"조금만 더 버텨라. 산맥에서 벗어나기만 하면 되니까."

"……."

브로드의 말에 에이미는 대꾸할 기력조차 없는지 입을 다물어 버렸다.

왜냐하면 이미 브로드의 저 말을 수도 없이 들었기 때문이다.

그리고 지금 자신들은 어디에 있는지조차 알 수 없었다. 배드울프를 피해 도망가느라 오히려 산맥 안쪽으로 더욱더 깊이 들어왔으니까.

과연 살아서 이 산맥을 벗어날 수 있을까, 라는 생각이 자꾸 머릿속을 맴돌았다.

"괜찮아."

그때 멜리오나가 에이미의 손을 살며시 붙잡으며 말했다.

그 말에 에이미는 눈물이 핑 돌았다.

죽을지도 모르는 상황에서 힘들게 고생하고 있는 건 다들 마찬가지일 텐데도 멜리오나는 자신을 위로해 주고 있었으니까.

"응."

에이미는 고개를 끄덕이며 멜리오나의 가슴에 얼굴을 묻었다.

그런 그녀의 머리를 멜리오나는 말없이 쓰다듬었다.

하지만 여전히 상황이 좋지 않은 건 변하지 않았다.

지금 이 순간에도 배드울프가 멀지 않은 곳에서 자신들을 찾고 있는 중이었으며, 자신들은 기간테스 산맥에서 길을 잃고 조난 중이었으니 말이다.

이런 상황에서 누군가가 자신들을 구해준다면 얼마나 좋을까?

"정지."

그때 가장 선두에 서서 일행들을 이끌고 있던 가라드가 걸음을 멈췄다.

그나마 가라드가 일행들 중에서 수색 능력이 뛰어났기에 선두를 맡고 있었다. 덕분에 기간테스 산맥에서 몬스터들과 많이 마주치지는 않았다.

"무슨 일이지?"

"전방에 대규모 몬스터들의 무리가 있는 것 같습니다."

"제길."

가라드의 대답에 브로드는 자기도 모르게 인상을 찌푸리며 욕지거리를 내뱉었다.

배드울프에게 쫓기면서 일행들은 긴장감을 풀 수 없었기에 스트레스가 한계까지 차 있는 상태였다.

사실 브로드 일행은 언제 터져도 이상하지 않은 상황이었다.

하지만 멜리오나 덕분에 일행들은 자제심을 잃지 않고 버티고 있었다.

그런데 가라드가 전방에 대규모 몬스터들이 있다고 하자 순간 브로드는 짜증이 치밀어 올랐던 것이다.

"브로드."

사아아.

그때 멜리오나가 마음을 진정시켜 주는 회복 마법을 시전했다.

그러자 따스한 초록빛이 일행들의 몸에 스며들었다.

이런 식으로 프리스트인 그녀는 일행들의 정신과 체력을 보살펴 주고 있었다. 덕분에 지금까지 버틴 것이다.

"후."

정신이 맑아지는 기분을 느끼며 브로드는 숨을 길게 내쉬었다.

그리고 멜리오나를 향해 고개를 살며시 숙여 보였다.

"고맙군."

그다음 다시 가라드를 바라보며 입을 열었다.

"그럼 어디로 가야 하지?"

"다시 돌아가야 할 것 같습니다."

"여기까지 와서?"

"네."

가라드의 대답에 브로드는 이를 악물었다.

어딘지도 알 수 없는 깊은 산속.

하물며 이곳은 온갖 몬스터들이 숨어 살고 있는 마의 산맥이었다.

그런 곳에서 탈출하기 위해 고생을 해가며 여기까지 왔는데 다시 뒤돌아가야 한다니?

이대로 다시 돌아간다는 건 자살행위나 다름없었다.

지금 이 순간에도 자신들로는 어찌할 수 없는 괴물인 배드울프가 뒤쫓아 오고 있을지도 몰랐으니까.

"다른 길은 없나?"

"그건 잘 모르겠습니다. 직접 찾아봐야 합니다만……."

가라드는 말꼬리를 흐렸다.

전방에서 느껴지고 있는 몬스터 무리들은 언덕 아래에 있었다.

그리고 양옆은 협곡처럼 가파르게 높은 산이 솟아 있어서 우회로를 찾는다고 해도 이동하기가 힘들어 보였다.

또한.

"우회로가 있다고 해도 그곳에 몬스터가 없다고는 장담할 수 없습니다."

전방에는 대규모 몬스터 무리가 있고, 뒤에는 배드울프가 있을지도 모르는 진퇴양난의 상황.

그렇다고 우회로를 찾아서 높은 산을 오르기에는 일행들은 너무 지쳐 있었다.

그리고 만약 가파른 산을 오르다가 몬스터와 조우라도 하게 된다면 상황이 악화될 수 있었다.

하지만.

"알프레드, 여기서 멜리오라와 에이미를 지키고 있어라. 나는 가라드와 함께 정찰을 하고 오겠다."

브로드는 일행들을 돌아보며 말했다.

일단 전방에 몬스터들이 어떤 놈들인지 확인도 하고 우회로가 있는지 찾아볼 생각이었다.

협곡 같은 산을 오르든, 뒤로 돌아가든 위험한 건 매한가지였으니까.

"괜찮으시겠습니까?"

"일단 조사라도 해봐야지. 어떤 몬스터들이 있는지, 그리고 혹시 알아? 다른 안전한 길이 있을지."

걱정스럽다는 듯이 묻는 가라드의 말에 단호한 표정으로 답한 브로드는 앞으로 나섰다.

눈앞에 몬스터들이 있다고 해서 겁내며 뒤로 물러나기보다 전진하기를 선택한 것이다.

어쩌면 다른 안전한 우회로를 찾을 수 있을지도 몰랐으니까.

"알겠습니다."

결국 가라드도 브로드의 뒤를 따랐다. 그리고 정찰을 하기 위해 떠나는 브로드와 가라드를 바라보며 노기사, 알프레드는 고개를 숙였다.

"무운을."

그렇게 브로드와 가라드는 언덕을 향하며 아래에 모여 있는 몬스터들을 확인하기 위해 앞으로 나아갔다.

잠시 후, 언덕 끝에 도착한 그들은 바닥에 엎드리며 아래를 내려다봤다.

"헉!"

언덕 아래를 확인한 그들은 놀란 표정을 지었다.

언덕 밑에 거대한 공터가 존재했다.

본래라면 그곳도 나무가 우거져 있는 곳이었지만, 전부 뿌리째 뽑히거나 불살라져 있었던 것이다.

그리고 그곳에 가라드의 예측대로 몬스터들이 있었다.

단, 일반적인 기간테스 산맥에서 서식하는 몬스터들이 아니었다.

질서정연하게 오와 열을 맞추고 가만히 대기 중인 마수들.

마수들에게서 느껴지는 마기에 브로드와 가라드는 숨이 막히는 느낌이었다.

"설마 저 녀석들이 나이젤이 말했던……?"

브로드는 놀란 표정으로 마수들, 아니, 카오스 몬스터들을 내려다봤다.

카오스 몬스터들은 크게 두 종류였다. 육식동물 형태와 거미나 지네 같은 절지동물 형태들이었다.

그들은 하나같이 등과 어깨에서 징그러운 촉수들이 하늘하늘 움직이고 있었다.

우드빌 영지에서 조우했던 카오스 몬스터들과 비슷한 느낌이었다.

"이런 곳에서 찾게 될 줄이야."

브로드는 쓴웃음을 지었다.

애초에 그들이 기간테스 산맥에 들어온 이유는 일반 몬스터들의 동향을 파악하기 위함이었다.

그리고 노팅힐 영지를 노리는 카오스 몬스터들까지도.

그런데 설마 기간테스 산맥 깊숙한 곳에서 카오스 몬스터들과 마주치게 될 줄은 몰랐다.

"살아야 할 이유가 하나 더 생겼군요."

"그러게 말이다. 나이젤이 어떤 표정을 지을지 기대되는군."

브로드와 가라드는 서로를 바라보며 피식 웃었다.

기간테스 산맥 안에서 카오스 몬스터들이 모여들고 있는 상황.

이 정보를 노팅힐 영지에게, 정확히는 나이젤에게 전해주어야
했다.

그러기 위해서라도 이런 곳에서 죽을 수 없었다.

또한, 카오스 몬스터들이 모여 있는 가장 뒤편에는 어마어마
한 마기를 내뿜고 있는 정체불명의 존재들도 있었다.

저들에 대한 정보도 전해주어야 할 터.

"역시 언덕 밑으로 내려가는 건 위험하겠군. 옆길을 찾는 수
밖에."

"넵."

그렇게 언덕 아래의 상황을 확인한 브로드와 가라드는 뒤로
물러섰다.

카오스 몬스터들이 모여 있는 언덕 밑으로는 내려갈 엄두도
나지 않았다.

언덕 위에서 옆으로 빠질 수 있는 길이 있는지 없는지 찾아보
는 게 나을 거 같았다.

그렇게 그들이 언덕 위에서 뒤로 물러난 순간.

아우우ー ー ー ー ー!

어디에선가 어마어마한 성량의 늑대 울음소리가 울려 퍼졌다.

그 소리에 브로드와 가라드는 핼쑥한 표정을 지었다.

지금까지 그들을 긴장하게 만들었던 배드울프의 하울링 소리
였으니까.

*　　　　　*　　　　　*

해가 저물어가는 시각.

나이젤은 주황빛 노을이 비추고 있는 거대한 산맥을 바라봤다.

빽빽하게 우거져 있는 거대한 나무들 때문에 산맥 내부는 어두웠다.

"여길 또 오게 될 줄이야."

"그래서 우리들이 있는 거지."

나이젤의 말에 뒤에 있던 라그나가 피식 웃으며 어깨를 두드렸다.

나이젤은 뒤를 돌아봤다.

라그나를 시작으로 믿음직한 크림슨 용병단원들이 자신을 바라보고 있었다.

아직 팬드래건 백작가에서 복귀하지 않은 데인 크라벨과 군사인 아세라드를 제외한 크림슨 용병단 전원이었다.

"저도 있습니다."

그리고 다니엘까지.

크앙!

까망이도 잊지 말라는 듯 귀여운 포효를 내지르며 나이젤의 그림자 속에서 뛰쳐나왔다.

"그럼 갈까?"

나이젤은 일행들을 데리고 산맥 안으로 진입해 들어갔다.

주황색 노을빛이 나무에 가려진 탓에 안으로 들어갈수록 점점 더 어두워져 갔다. 그리고 전신을 찌르는 것 같은 감각도 느껴졌다.

"살기가 넘쳐흐르는군."

그 속에서 라그나는 무엇이 그리 즐거운지 입꼬리를 올리고 있었다.

그것은 다른 단원들도 마찬가지.

누가 전투광들이 아니랄까 봐 앞으로 있을 싸움에 흥분하고 있는 것이다.

"우리 목적을 잊지 마."

"알고 있으니 걱정마라. 하지만 우리 앞을 가로막는 놈들은 날려줘야지."

라그나는 씩 미소를 지었다.

그 모습에 나이젤은 고개를 흔들었다.

"까망아, 어때?"

산맥에 들어온 직후부터 땅에 코를 박고 일행들 주위를 빨빨거리며 돌아다니던 까망이가 나이젤의 부름에 고개를 치켜들었다.

컹! 컹컹!

그리고 산맥 안쪽을 향해 짖었다.

"역시 우리 까망이."

나이젤은 까망이에게 다가가 머리를 쓰다듬어 주었다.

그르릉 그르릉.

나이젤의 손길에 까망이는 귀를 뒤로 젖히며 마치 고양이처럼 그르릉 소리를 냈다.

"흐음."

그리고 그 모습을 다니엘은 부러운 눈으로 바라봤다.

하지만 그것도 잠시.

나이젤은 다시 일행들을 이끌고 까망이가 짖은 방향을 향해 이동을 시작했다.

그렇게 나이젤 일행이 까망이를 따라 기간테스 산맥 안으로 들어가던 중.

아우우————!

저 먼 곳 어딘가에서 어마어마한 늑대 울음소리가 들려왔다.

*　　　　　*　　　　　*

"……!"

그리 멀지 않은 전방에서 들려온 늑대 울음소리에 나이젤을 비롯한 일행들은 놀란 표정을 지었다.

그르르룽!

그리고 까망이 또한 경계하는 표정으로 울음소리를 내고 있었다.

"나 먼저 간다!"

순간 라그나가 지면을 박차며 쏜살같이 앞으로 달려 나갔다.

"우리 막내 실력이 얼마나 늘었는지 볼까?"

"잘 따라오라고!"

노팅힐 영지와 다르게 기간테스 산맥에서는 보는 눈이 없자 단원들은 나이젤을 편하게 대했다.

이전부터 편하게 대하긴 했지만, 노팅힐 영지에서는 아무래도 좀 눈치가 보였다. 다리안 영주부터 시작해서 지켜보는 눈들이 많았으니까.

하지만 노팅힐 성채 도시에서 나온 지금, 그들은 나이젤을 사실상 크림슨 용병단의 단원 취급을 하고 있었다.

그것도 막내로.

그만큼 단원들도 라그나처럼 나이젤을 인정하고 있다는 의미였다.

자신들이 인정한 인물이 아니면 단원으로 대해주지 않으니까.

그리고 카테리나는 준단원이었다.

파바바밧!

눈 깜짝할 사이에 엄청난 속도로 단원들이 멀어져 갔다.

거기에 다니엘도 지지 않고 따라붙고 있었다.

늑대족이다 보니 신체 능력이 인간보다 더 월등하니 말이다.

"나도 이젠 안 지지."

나이젤은 피식 웃음을 흘렸다.

지금 크림슨 용병 단원들은 몇 개월 전 나이젤을 생각하고 있었다.

정확하게는 첫 번째 웨이브가 시작되기 전, 용병단과 함께 노팅힐 성채 도시 주변 몬스터들을 토벌하던 시절을.

그때는 나이젤도 한창 성장하던 때로 토벌전이 끝나고 무력 80을 찍었었다.

그러니 크림슨 용병단원들에게 비비기에는 몇 끗발이 모자라긴 했다.

80이후부터는 포인트 1의 차이가 꽤 커지니 말이다.

하지만 지금은 달랐다.

지금이라면 단원들에게 비벼볼 만했다. 무력이 거의 비슷한 수준까지 강해진 데다가 나이젤에게는 무공 스킬도 있었으니까.

무상신법(無上迅法).

보법(步法), 질풍신보(疾風迅步)!

파바바밧!

뒤처져 있던 나이젤이 공간을 가르는 한 줄기 바람처럼 어마어마한 속도로 용병단원들의 뒤를 쫓기 시작했다.

예전에는 겨우 단원들의 뒤를 따라잡았다면, 지금은 더 빨랐다.

무상신법 덕분이었다.

그렇게 나이젤은 순식간에 앞서가던 다니엘을 제치고, 이어서 단원들까지 하나둘씩 제쳤다.

그리고 라그나의 턱밑까지 쫓아왔다.

"빨라졌구나. 하지만 아직 날 잡기는 이르지."

바로 등 뒤까지 쫓아온 나이젤을 본 라그나는 광소를 터뜨리며 말했다.

파앙!

그 직후 라그나는 음속을 돌파하여 공기 중에 충격파를 퍼뜨리며 눈 깜짝할 사이에 저만치 앞으로 나갔다.

쾅쾅쾅!

그뿐만이 아니다.

라그나의 앞을 가로막는 거대한 나무들이 라그나와 부딪치자마자 힘없이 튕겨 나갔다.

'진짜 저건 괴물이네.'

나이젤은 혀를 내둘렀다.

확실히 크림슨 용병단원들 중에서도 라그나는 규격 외였다. 무력이 98로 마스터 상급 이상의 존재였으니까.

초인이라고 해도 과언이 아니었다.

하지만 나이젤은 전광석화까지 섞어 쓰며 라그나의 뒤를 쫓기 시작했다.

"자, 잠깐!"

"막내님!"

그리고 등 뒤에서 단원들이 비명 같은 목소리로 나이젤을 불렀다.

그 소리에 나이젤은 뒤를 돌아봤다.

질 수 없다는 표정으로 악착같이 쫓아오고 있는 용병단원들의 모습이 보였다.

그런 그들에게 나이젤은 피식 웃으며 한마디 던졌다.

"나보다 늦는 사람 다 내 후배."

"아, 씨!"

"야! 막내, 너 거기 안 서!?"

"질 수 없다!"

나이젤의 한마디는 굉장했다.

단원들이 다양한 반응을 보이며 나이젤을 향해 따라붙기 시작한 것이다.

하지만 그것도 잠시.

파앙!

나이젤은 무상신법을 운용하며 달리는 속도에 박차를 가했다.

최대한 라그나를 따라잡기 위해서.

                    *   *   *

"……."

브로드는 이를 악물었다.

약간 멀리 뒤떨어진 곳에서 들려온 늑대 울음소리를 듣고 빠르게 일행과 합류한 후, 우회로를 찾아 오른쪽 가파른 산으로 갔다.

그리고 그곳에서 정말 운이 좋게도 숨겨진 길을 발견했다.

'거기까진 괜찮았는데…….'

숨겨진 길을 따라 브로드 일행은 빠르게 움직였다.

전방에는 수많은 카오스 몬스터들이 있었고, 후방에는 배드울프가 길게 포효하며 쫓아오고 있는 상황이었으니까.

그런 상황에서 우회할 수 있는 길을 발견한 건 정말 천운이 아닐 수 없었다.

다만, 문제가 있었다.

브로드 일행이 발견한 숨겨진 길은 이동하기가 힘들었으니까.

걸핏하면 나무나 바위가 길을 막고 있었고, 우거져 있는 수풀도 방해 요인이었다.

결국 브로드 일행은 배드울프에게 따라잡힐 수밖에 없었다.

하지만 진짜 큰 문제는 따로 있었다.

"생각보다 꽤 멀리 도망쳤군. 뭐 그래 봤자 내 발아래지만."

브로드의 머리 위에서 누군가가 비웃는 목소리가 들려왔다.

"큭!"

그 말에 브로드는 몸을 부들부들 떨었지만 아무것도 할 수 없었다.

지금 누군가가 땅바닥에 쓰러져 있는 브로드의 머리를 짓밟고 서 있었기 때문이다.

새까만 칠흑의 날개와 창백한 안색, 그리고 머리에 솟아나 있는 산양 같은 검은 뿔을 가진 존재.

4성 카오스 보스.

중급 마족, 파이런.

놀랍게도 지금 브로드의 머리를 짓밟고 섬뜩한 붉은 눈을 빛내며 웃고 있는 존재는 다름 아닌 파이런이었다.

"이 빌어먹을 자식이! 당장 그 발을 치우지 못하겠느냐!"

파이런이 브로드의 머리를 지그시 밟고 있는 모습을 본 가라드가 고개를 치켜들고 소리쳤다.

하지만 그 말에 파이런은 비웃음을 흘렸다.

"웃기는 놈이로군. 지금 네놈이 다른 놈을 걱정할 때인가?"

"크아악!"

순간 가라드는 비명을 내질렀다.

크르르.

몸길이가 5미터에 달하는 거대한 늑대, 배드울프가 가라드의 몸을 짓누르고 있었으니까.

가라드 또한 브로드와 마찬가지였던 것이다.

"네놈들에게는 실망했다. 지금까지 잘 도망치길래 재미 좀 볼 줄 알았더니……."

파이런은 흥미가 떨어진 표정으로 브로드 일행을 둘러봤다.

배드울프는 파이런이 데리고 온 펫이었다. 파이런에게 있어 배드울프는 제법 쓸 만한 전투력과 추적술을 가진 귀여운 애완동물이었다.

그런 배드울프가 최근 며칠간 붙잡지 못한 먹잇감이 있었다.

그래서 파이런은 기대했다.

노팅힐 영지를 치기 위해 준비를 하는 동안, 자신의 지루함을 날려 보낼 수 있지 않을까 하고 말이다.

"겨우 이 정도일 줄이야."

하지만 지난 며칠간 배드울프의 눈과 귀를 속이고 도망친 것에 비하면 손맛이 너무 없었다.

그나마 브로드를 시작으로 가라드와 알프레드가 분전했지만 차가운 수풀 위로 쓰러지기까지 걸린 시간은 그리 길지 않았다.

그리고 가라드와 알프레드는 바닥에 엎어진 채 각각 배드울프의 앞발에 짓밟혀 움직이지 못하고 있었다.

또한, 에이미와 멜리오나도 마찬가지.

그녀들은 바닥에 쓰러져 기절해 있는 상태였다.

크르릉.

거기에 배드울프가 이끌고 온 늑대처럼 생긴 카오스 몬스터들이 브로드 일행 주위를 어슬렁거리고 있었다.

'역시 그놈이 특별한 건가?'

파이런은 자신을 위협했던 인물을 떠올렸다.

노팅힐 영지에서 자신을 궁지에 몰아넣어 결국 몸을 빼게 만들었던 존재.

그놈과 비교하면 눈앞에 있는 자들은 별 볼 일이 없었다.

하긴, 그럴 수밖에.

브로드 일행은 지난 며칠 동안 기간테스 산맥에서 배드울프의 추적을 뿌리치느라 지쳐 있었으니 말이다.

"뭐, 상관없지. 노팅힐 영지를 치러 가기 전까지 가지고 놀다가 죽여 버리면 되니까."

파이런은 즐거운 미소를 지었다.

이제 노팅힐 영지를 치기 전까지 한 달도 채 남지 않은 상황.

그때까지 눈앞에 있는 놈들을 가지고 놀면 되는 일이었다.

"총 다섯 명이니 열흘은 버티겠지."

여전히 웃는 얼굴로 파이런은 브로드 일행들을 바라봤다.

어둠이 내린 거대한 나무들 사이에서 붉은 눈을 빛내며 웃고 있는 파이런의 모습은 섬뜩하기 짝이 없었다.

"그 전에……."

파이런은 붉은 눈을 빛내며 브로드를 내려다봤다.

그리고 천천히 브로드의 얼굴을 짓밟고 있는 다리에 힘을 주며 입을 열었다.

"내 시간을 낭비하게 만들었으니 조금 재미 좀 볼까?"

"크으윽."

조금씩 얼굴이 흙 속으로 파묻혀 들어가면서 브로드는 이를 갈았다.

설마 배드울프보다 더 위험하고 잔인한 성격을 가진 괴물과 만나게 될 줄이야.

"걱정하지 마라. 넌 가장 마지막이니까."

기분 나쁜 미소를 지으며 파이런은 손짓했다.

크르릉.

그러자 배드울프가 데리고 온 늑대 몇 마리가 멜리오나를 끌고 파이런 앞에 가져다 놓았다.

"무, 무슨 짓을?"

여전히 파이런에게 머리를 밟혀 있는 브로드는 눈을 치켜떴다.

"별거 아니야. 그냥 비명 좀 지르게 만들고 싶을 뿐이니까."

분노, 공포, 절망. 절규.

그러한 감정들은 파이런 같은 마족들에게 힘이 된다.

마족이란, 부정적인 감정을 통해 힘을 얻는 존재들이었으니까.

"어떻게 하면 좋은 비명 소리를 지르며 깨어날까? 손톱을 뽑아볼까? 아니면 손가락을 부러뜨릴까? 그것도 아니면……."

파이런은 기절해 있는 멜리오나의 팔을 왼손으로 들어 올리며 히죽 웃어 보였다.

"배를 한번 쳐볼까?"

즈즈즈즁!

파이런의 오른손에서 섬뜩한 검은 마기가 모여들기 시작했다.

"아, 안 돼……!"

그 모습을 본 브로드는 어떻게든 일어나기 위해 발버둥을 쳤다.

그냥 펀치도 아니고, 마기를 응축한 펀치를 멜리오나가 무방비 상태에서 배에 맞는다면 어떻게 될까?

분명 내장이 파열하고 극심한 고통과 함께 비명과 피를 토하며 깨어나게 될 것이다.

그리고 심각한 내상을 입기에 제대로 된 치료를 받지 못한다면 며칠간 시름시름 앓다가 고통 속에서 죽을 터.

그것만큼은 막아야 했다.

"아무것도 하지 못하는 버러지가."

하지만 파이런은 브로드의 작은 발버둥조차 용납하지 않았다. 비웃으며 브로드의 머리를 발로 여러 번 내려친 것이다.

"커헉!"

결국 브로드는 파이런의 말대로 아무것도 하지 못한 채 다시 지면에 머리가 처박히고 말았다.

이윽고 모든 준비가 끝난 파이런은 멜리오나를 바라봤다.

"귀여운 비명을 질러주었으면 좋겠군."

검은 마기가 흘러나오는 파이런의 오른손이 멜리오나를 향해 내뻗어지려는 찰나.

"비명은 네놈이 질러야지."

"……!"

순간 파이런은 흠칫 놀란 표정을 지었다. 등 뒤에서 익숙한 남자의 목소리가 들려왔기 때문이다.

그리고 볼 수 있었다.

자신의 그림자 속에서 누군가가 튀어나오고 있는 모습을.

"네, 네놈은……!"

그림자 속에서 튀어나온 누군가를 본 파이런은 경악한 표정을 지으며 입을 열었다.

하지만 말을 끝까지 내뱉지 못했다.

콰앙!

"쿠웨에에엑!"

파이런의 그림자 속에서 뛰쳐나온 누군가가 파이런의 오른쪽 옆구리를 날려 버린 것이다.

파이런은 굉음과 함께 왼쪽으로 피를 토하며 튕겨 날아갔다.

그와 함께 멜리오나의 몸도 튕기듯 떠올랐지만 이내 누군가의 품에 부드럽게 안겼다.

그리고 그 모습을 바닥에 쓰러진 채 지켜본 브로드는 믿기지 않는 표정으로 입을 열었다.

"너, 너는?"

"오랜만이네요, 브로드 공자님."

브로드의 말에 멜리오나를 품에 안으며 지면에 착지한 인물, 나이젤이 미소를 지으며 그에게 손을 내밀었다.

『게임 씹어먹는 엑스트라』 6권에 계속…